NOUS TROIS

DU MÊME AUTEUR

✩m

LE MÉRIDIEN DE GREENWICH, *roman,* 1979

CHEROKEE, *roman,* 1983

L'ÉQUIPÉE MALAISE, *roman,* 1986

L'OCCUPATION DES SOLS, 1988

LAC, *roman,* 1989

JEAN ECHENOZ

NOUS TROIS

LES ÉDITIONS DE MINUIT

© 1992 by LES ÉDITIONS DE MINUIT
7, rue Bernard-Palissy, 75006 Paris

ISBN 2-7073-1428-5

1

Je connais bien le ciel. Je m'y suis habitué. Toutes ses nuances terre d'ombre, tilleul, chair ou safran, je connais. Dans mon fauteuil, sur la terrasse, je l'examine. Il est midi. Le ciel est blanc. J'ai tout mon temps.

Pas de gros projets pour moi ce lundi, juste deux objectifs légers pour meubler en douceur la soirée : le vernissage de Max chez Pontarlier, boulevard des Italiens, puis l'intervention de Blondel à l'auditorium de l'agence. Je vais me changer : je cherche et trouve tout de suite, parmi mes cent chemises et quelques, la mieux assortie à ce plan. Comme à son habitude, Titov dort dans son coin.

En fin d'après-midi j'appelai donc un taxi, le ciel était blanc comme un linge au-dessus des Italiens, Max était occupé au fond de la galerie avec un Japonais. Pontarlier vint vers moi, transpirant et souriant sous ses moustaches éparses — je taille plus strictement les miennes —, mes yeux bleus se reflétaient sur son front bombé. Vous vous êtes vu ? me demanda-t-il en extrayant de sa poche une petite main droite molle et moite, qu'il versa dans la mienne aussitôt inondée. Son autre main tendait un verre que je déclinai. Trop grandes pour lui, ses dents étaient aussi très plates et presque transparentes, d'apparence fragile, parfois dans le fond elles n'étaient même plus là. Pas encore, répondis-je. Allez vous voir, dit le galeriste, allez vous regarder.

Je me dirigeai vers mon image souriante en uniforme immaculé sur fond bleu ciel, sous mon bras mon casque vitré, sur mon pectoral droit ma plaque d'identification. Cette tête que j'avais là, c'était la première fois que je travaillais pour les Américains : en vérité je souriais moins sur la photo, prise à Daytona, que Max avait utilisée pour ce portrait ; j'avais ensuite dû poser trois ou quatre fois dans son atelier, juste pour qu'il reprenne le sourire. Je m'admirai en vitesse puis je fis le tour de la galerie, considérant d'un œil égal les autres portraits, les autres invités — aucun de ceux-ci ne ressemblait à ceux-là, il semblait que je fusse le seul modèle présent. Je m'attardai un peu, jetai un dernier coup d'œil dans le fond de la galerie, l'affaire avait l'air chaude entre Max et le Japonais. A présent Pontarlier s'en mêlait. Je m'éloignai.

Blondel parlait depuis un moment déjà quand j'entrai dans l'auditorium. Vingt personnes assistaient à son exposé, bilan annuel des activités de l'agence, je trouvai sans mal une place au fond de la salle, pas très loin de Bégonhès. L'orateur venait d'évoquer les premières fonctions, surtout maritimes, de nos satellites d'observation — surveillance des marins solitaires, des albatros excursionnistes et des icebergs à la dérive —, décrivant ensuite leurs tâches actuelles — détection des fleuves en crue, des centrales nucléaires en fuite et des forêts en feu — avant de préciser leur rôle futur : surveillance militaire généralisée, certes, mais aussi télécommande des vannes d'oléoducs, du fin fond de l'Arabie au fin fond de l'Alaska, mais aussi gestion des réseaux ferroviaires et régulation des parcs de poids lourds. On recueillerait ainsi, prophétisait Blondel, à chaque instant, n'importe quelle caractéristique de n'importe quel camion sur terre — vitesse et niveau d'huile, température de la remorque frigorifique, jusqu'à la fréquence de son autoradio.

Je connaissais tout ça, donc j'écoutais à peine. J'étais surtout passé pour dire bonjour. En attendant que Blondel finisse je considérai sans trop d'intérêt la décoration de l'auditorium, tapisseries latérales et gros logo doré de l'agence au-dessus de l'estrade, au fond. Les vingt présents — fuséologues, journalistes et comportementalistes, parents et alliés, toujours les deux mêmes filles en tailleur autour du type du ministère — ne prêtaient pas à ce bilan beaucoup plus d'attention que moi. On parlait entre soi. Bégonhès, non loin, tournait sur ses genoux les pages d'un nouvel usuel d'avionique. L'attention se relâchant, Blondel haussa le ton, les murmures s'amplifièrent dès qu'il aborda son sujet préféré : la toute prochaine génération de satellites chargés entre autres choses de cartographier le fond des mers, d'évaluer l'énergie des vagues, la dérive des plaques et le sens des vents.

Son discours achevé, tout le monde se levait en bavardant un ton au-dessus, je descendis la travée vers l'estrade où Blondel rangeait boudeusement ses papiers. Ses proches l'entouraient, son assistant Vuarcheix, Lucie à qui je souris de loin puis l'ingénieur Poecile qui prétendait que ma foi, ça ne s'était pas si mal passé que ça. Laissez, grogna Blondel sans m'avoir aperçu, je vois bien qu'ils s'en foutent. Pas cette année qu'on aura les crédits. Il continuait de battre ses papiers comme un jeu de cartes géantes, l'air d'avoir passé la main, perdu le pli. Reste Cosmo, fit valoir Vuarcheix, quand même nous avons Cosmo.

Blondel haussa les épaules, je savais comme lui ce qu'il en était du satellite Cosmo, première de ces machines environnementalistes mise sur orbite quatre ans plus tôt. Après sa dernière panne, irréparable depuis le sol, l'engin Cosmo ne transmettait plus que des données partielles et des clichés tronqués, fréquemment flous. Je toussai. Ah, fit Blondel, vous étiez là aussi. Vous avez vu comme ils s'en foutent. Normal avec tous nos échecs de lancement, fis-je valoir, toutes nos explosions. L'explosion fait rire l'opinion. Mais vous verrez qu'on va se refaire. Le ciel vous garde en sa miséricorde, soupira Blondel en se tournant vers Lucie, qui me sourit à nouveau. Vous dînez avec nous ? Soirée entre hommes, précisa-t-il, Lucie malheureusement doit nous laisser. Merci, répondis-je, non.

Je m'éloignai.

Après mon départ, vers vingt-deux heures, Blondel était passé téléphoner dans le bureau de Poecile. Séguret, fit-il, c'est moi. Vous avez pu voir pour les vannes d'injection ? On cherche, on cherche, assura Séguret. On va trouver. Oui, dit Blondel, est-ce que Meyer est encore là ? A cette heure-ci ? fit Séguret. Un instant, je vais voir.

Etouffant le combiné d'une main, l'ingénieur
Séguret s'était retourné vers un vaste bureau dans le
fond de la pièce, vers un autre ingénieur de haute
taille, proportionné à ce bureau, penché sur lui.

— Meyer, dit Séguret, c'est Blondel qui demande
après toi. Est-ce que tu es là ?

2

Le simoun, vent très chaud, se lève par bourras-
ques au sud du Maroc saharien. Il y produit des
tourbillons compacts, brûlants, coupants, assourdis-
sants, qui masquent le soleil et gercent le bédouin. Le
simoun reconstruit le désert, exproprie les dunes,
rhabille les oasis, le sable éparpillé va s'introduire
profondément partout jusque sous l'ongle du bédouin, dans le turban du Touareg et l'anus de son
dromadaire.

Le Touareg, bâché de bleu, se tient coi sur la bosse
de sa bête. Près de lui, statufiés sous la tourmente,
trois autres Touareg attendent que ça se tasse. Le sable
fait monter un socle, poussière de pierre autour des
chevilles des animaux. Quand le plus jeune des Touareg, affolé, crie qu'il s'enlise et que ça ne va plus du
tout, ses aînés ne lui répondent pas. Sous leur housse,
ils n'ont pas dû entendre la voix du débutant. C'est
qu'autour d'eux la tempête grince énormément.

Mieux instruits que le jeune méhariste, ses aînés savent que le phénomène arrive du cœur du continent, qu'un aquilon venu d'Afrique centrale déchire de temps en temps le grand désert du Nord dont il fait bouillir l'étendue stérile et transporte l'écume au-delà des mers. Se délestant à la surface des eaux, tel une montgolfière, des sacs de sable du Grand Erg, faisant frémir au passage le titane des Boeing, le désert vole vers l'Europe dont il va poudrer le Nord-Ouest, perfectionner le revêtement des plages et propulser des grains dans tous les engrenages.

Croisant vers le nord, le tapis volant marocain touche Paris dans le milieu de la nuit, s'y dissémine uniformément sans omettre bien sûr le secteur Maroc, vers Stalingrad après la rue de Tanger : il recouvre la rue du Maroc, la place du Maroc et l'impasse du Maroc au bout de laquelle réside Louis Meyer, homme astigmate et polytechnicien, quarante-neuf ans jeudi dernier, spécialisé dans les moteurs en céramique. Homme infidèle et divorcé d'une femme, née Victoria Salvador le jour de l'invention du poste à transistors. Homme seul et surmené qui va se payer, pour son anniversaire, une petite semaine à la mer.

Le jour se lève, Meyer fait ses bagages. Procède avec méthode : de haut en bas du corps puis de l'intérieur vers l'extérieur de la personne, du bob aux

14

tongues puis de l'aspirine à l'écran total. Je crois que c'est tout, qu'est-ce que j'oublie. Meyer regarde, autour de lui, l'ordre qui règne sur peu d'accessoires, quatre ou cinq meubles sans prix parmi lesquels un gros canapé disgracieux, recouvert de tissu imprimé à damier. Un téléviseur portable, un transistor commémoratif. Sur un mur cinq cents livres s'empilent et s'associent, se complètent et se combattent sur des points de mécanique céleste, physique des solides et dynamique des fluides en plusieurs langues.

Meyer est méthodique mais son regard, parfois, flotte au-delà de l'horizon des choses à faire — soit qu'il se repasse une séquence choc de son divorce, soit qu'il anticipe cette semaine de vacances chez Nicole. Selon le cas, ses yeux se posent sur l'un des ektachromes concaves adossés au mur sur le cache-radiateur ; l'un représente le château d'If, l'autre est un plan américain surexposé de Victoria, née Salvador puis ex-Meyer.

Meyer boucle son bagage et souffle. Allons-y, dit-il à voix haute avant de couper le gaz et l'eau, puis de fermer sa porte. Il sort de l'immeuble, deux sacs de voyage à la main, sous le bras son autoradio extractible. L'impasse du Maroc a jauni d'un petit ton pendant la nuit, à présent tapissée d'une pellicule de sable fin qui amortit les sons, feutre le monde, aère l'air, produit un silence de dimanche comme sait faire la neige sous le soleil froid ; comme sur la neige s'y lisent des traces de pas.

Les voitures garées dans l'impasse ont l'air vides mais on aperçoit, sur leur plage arrière, quelques journaux pliés, des cartes et guides routiers, parapluies et catalogues, boîtes de Kleenex et petits ventilateurs ou par exemple une peluche décorative décolorée, un chapeau vert, un gant vert, un listing d'ordinateur, l'édition de poche d'un roman d'Annabel Buffet, rarement plus d'une ou deux de ces choses en même temps. On ne les distingue pas bien de toute façon derrière les glaces voilées d'un film de Sahara, fardées d'un blush qui assourdit l'éclat. Meyer passe un chiffon sur les vitres de son auto, monte dedans puis claque la portière. Contact, starter, moteur, ceinture, première, autoradio. Puis il n'est plus très sûr, soudain, d'avoir coupé le courant chez lui.

Il sort de l'auto, regagne son immeuble en jurant à voix basse. Arrivé devant l'entrée de son appartement, comme il entend le téléphone qui sonne tout seul derrière la porte, de rapides hypothèses s'emboîtent pendant qu'il cherche sa clef : qui donc appellerait à cette heure ? Martine évidemment pas. Monique pas encore, Françoise sûrement pas. Maman quand même pas. Alors quoi. Victoria.

3

Absolument pas Victoria, bien sûr, crétin. Plus aucun signe d'elle depuis deux ans comme tu sais bien. Non, c'est Blondel à l'appareil, qui rappelle à propos des vannes d'injection. C'est Blondel toujours sur la brèche, levé tous les jours avant le jour : nulle faille, nulle faiblesse chez cet homme qu'un chien répugnant et bas, dénommé Dakota, soi-disant sous-marque de bull-terrier, plus probable croisement de ratier et de rat.

— Tâché de vous joindre hier soir, dit Blondel, mais vous étiez déjà parti. On a réglé le problème pour le débit d'ergol, je crois. C'est Vuarcheix qui a trouvé l'idée. Tout simple, il suffirait de recalibrer les orifices en sortie de vanne.

— Bonne idée, convient Meyer.

— Rien n'est vraiment réglé pour autant, notez. Les connecteurs ombilicaux, les turbopompes. Tout ça qui piétine et qui n'avance pas.

Les doigts de Meyer pianotent un air sur la tablette du téléphone : c'est-à-dire que je ne suis plus là, dit-il. Tel que vous me voyez, je suis sur le départ. Oui, reconnaît Blondel, votre congé, c'est vrai. J'avais oublié. Bon, je vous laisse, dit-il avant de raccrocher puis de composer le numéro du ministère sur l'autre téléphone pendant qu'à bout de souffle, au-dessous du bureau, l'animal Dakota s'agite faiblement, produisant bave et gaz en abondance.

Meyer ayant enfin, chez lui, coupé l'électricité, redémarrait, puis trente minutes plus tard il faisait beau quand il sortit de Paris, prévoyant environ Beaune un seul arrêt pour l'essence et le café. Le trafic était comme d'habitude très dense et nerveux, quoique peut-être encore plus dense et nerveux que d'habitude, dès les premiers kilomètres se trouvaient par exemple échoués sur les bas-côtés une jolie proportion de véhicules accidentés.

La plupart n'étaient froissés qu'en surface mais trois d'entre eux, chavirés sur un flanc, dramatisaient le théâtre de blouses blanches infirmières et de sang frais sous le ciel outremer, et non moins tricolore était le trafic : blafardes ambulances, dépanneuses écarlates et fourgons bleu roi de la gendarmerie. Des acteurs douloureux allaient et venaient parmi tout cela, brandissant exaspérément des formulaires en désignant telle partie contuse de leur anatomie, de leur carrosserie.

Sur les voies combles de l'autoroute, les conducteurs semblaient tendus comme si tout était au bord d'exploser ; freinant pour mieux saisir les points forts du spectacle, ils créaient un de ces embouteillages exubérants, fébriles, rayonnants d'imprécations et de klaxons, d'appels de phares, boîtes de vitesse craquantes et pare-brise étoilés, pare-chocs meurtris dans le rugissement des cylindres en cage. Meyer prit le parti de rouler sur la file de droite, craignant l'hostile vivacité des usagers qui allait finir par s'apaiser, progressivement, au fil des kilomètres : moindre consistance du trafic, rapports plus détendus entre les véhicules. Mais fastidieux d'autant.

Tous les matins ouvrés de l'année, pour aller travailler, c'est l'autoroute de l'Ouest que Louis Meyer emprunte vers son laboratoire. Celle du Sud, à présent, ne devrait pas le changer : toutes ces routes à six voies se ressemblent, on devrait s'y conduire identiquement. Pourtant non, celle qui mène au travail salarié n'a pas le même goût que celle qui accède au congé payé, la même ambiance n'y règne pas. C'est comme tous les matins, pour s'habiller : si les mouvements sont identiques, l'ardeur n'est pas pareille ni la disposition d'esprit selon que Meyer endosse un bleu de travail ou qu'il enfile son ber-

19

muda, qu'il chausse des espadrilles ou des bottillons de protection.

Mais jamais cet air de vacances n'altère assez l'ennui autoroutier : pour se distraire Meyer chanterait un peu, divers extraits, parlerait seul à voix très haute parfois, crierait fort les réponses des jeux radiophoniques. Puis fatigué de son propre bruit, d'une main, d'un œil, il entreprendrait l'inventaire de la boîte à gants. Mais comme du fond de cette boîte aussitôt surgirait un petit bracelet de coton jaune et bleu tressé, oublié là depuis des années, Meyer soudain refroidi la refermerait en accélérant vivement. Un peu de vitesse, allons, pour se changer les idées.

A toute allure passèrent dans son esprit d'autres objets laissés chez lui par Victoria, trois ou quatre bas, deux T-shirts importables et quelques accessoires de maquillage, petits pinceaux perdant leurs soies, fioles de lotions, fonds de fond de teint ; tout cela s'était laissé jeter sans difficulté. Ç'avait été plus difficile avec deux sous-vêtements noirs découverts bien plus tard, bien après son départ, un jour de grand rangement dans la plus profonde strate du placard de l'entrée : un haut, un bas, légers repères anatomiques très éloquents, très émouvants, très difficiles à jeter, mais quand même il s'en était défait. Quand même il s'en était défait. Il n'aurait conservé, punaisé sur un mur de la cuisine, qu'un portrait de femme brune qui lui a toujours rappelé Victoria, bien que celle-ci eût été blonde, une photographie de Cindy Sherman intitulée *Untitled film still #7*.

Le bracelet tourne toujours entre ses doigts quand sa voiture dépasse la sortie d'Avallon, il sait que ses pensées ne doivent pas prendre ce tour-là. N'empêche que Louis Meyer rencontrant Victoria Salvador, ç'avait d'abord été un long baiser, l'un de ces très longs baisers qui font l'histoire, marquent une époque et dont on ne voit pas la fin, comme si l'on n'allait pas pouvoir autrement respirer ni voir le monde. D'ailleurs ils n'avaient vu personne pendant six semaines qui avaient suivi, leur vie pendant quarante jours réduite à s'accoupler, s'endormir, s'accoupler, s'endormir, s'accoupler, s'endormir — mais ce n'est pas tout de s'endormir et de s'accoupler, il faut aussi se lever pour aller travailler, pour gagner l'argent qui permettra d'acheter de quoi boire et de quoi manger, des fleurs et des vêtements qu'on s'arrache fébrilement pour s'accoupler encore avant de se rendormir.

Quand l'amour est si vif, il advient qu'on s'écœure : derrière l'étoile au premier plan surgissent quantité d'autres filles blondes, d'abord indistinctes dans le décor et qui traversent discrètement le champ, tout au fond, comme si le monde voulait

21

rappeler qu'il est peuplé de ces figurantes. Blondes auprès desquelles Meyer va s'attarder chaque jour davantage, faisant le point sur elles jusqu'à déporter à son tour Victoria dans le flou. Jusqu'à ce qu'elle juge que ça suffit comme ça.

Or les pensées de Meyer ne devaient en aucun cas prendre ce tour non plus. Pour se protéger il se concentrerait sur le paysage, lisant les choses écrites à sa portée : noms des aires de repos, tarifs des carburants, mentions peintes sur les longs véhicules, slogans fixés aux vitres arrière, Citroën préconise Elf, Austin-Rover pense Castrol, NON à l'usine chimique de Grez-en-Bouère ! Mais si tenace est la nostalgie, si vivace le regret de Meyer, c'est un tel chiendent, que par analogie ces autocollants vinrent lui rappeler le petit jaguar bleu tatoué derrière l'épaule de Victoria. Puis comme il dépassait une dépanneuse remorquant une Peugeot familiale pleine d'enfants consternés (alors qu'est-ce qui ne va pas ? la carburation ? l'allumage ?), son humeur se calqua sur la leur, lui-même se prit pour cette Peugeot, la dépanneuse de son destin tractant son corps et son moral en berne (eh bien qu'est-ce qui ne va plus ? l'hypertension ? le surmenage ?), et jusqu'à Lyon ça n'irait plus très fort.

Vingt kilomètres avant Lyon, ces pensées ralentissent et s'immobilisent au poste de péage : Louis

Meyer salue l'employé. Tend son ticket dans une coupure pliée, recouvre sa monnaie, remercie l'employé, le salue derechef. Côte flottante dans le corps du monde, Meyer prend quand même très à cœur d'être poli avec les péagistes.

23

4

Deux cents kilomètres après Lyon, vers l'entrée dans le Vaucluse, au-dessus d'un paysage plane meublé à droite par les trois cheminées d'un surgénérateur, Meyer aperçut le fil de fumée noire.

Trait vertical torsadé, tiré dans le ciel pâle, étroite colonne à chapiteau spiral : à sa base une Mercedes jaune était garée de travers sur le côté, à cheval sur la bande d'arrêt d'urgence. Du capot s'échappait ce flot de boue gazeuse dense dont quelques particules poisseuses, ersatz d'insectes écrasés, engluaient les pare-brise des voitures de passage. Lesquelles accéléraient vivement à la hauteur de la Mercedes, s'en éloignaient le plus vite possible. Rien d'héroïque ni de spécialement altruiste chez Meyer : s'il freine en basculant son clignotant, s'il vient se garer non loin du gros fumigène, c'est moins par souci de son prochain que de lui-même, c'est surtout pour se changer les idées.

Une jeune femme se tenait debout près de la Mercedes, grands cheveux rouges et fourrure hors saison du même ton, bretelle d'un élégant sac informe à l'épaule. De l'intérieur de sa voiture, d'où il ne sortit pas tout de suite, Meyer ne la voyait que de dos, penchée vers la portière au milieu de la fumée. Parlant du fond de sa chevelure dans un téléphone dont le fil passait en biais par la vitre baissée, elle tenait le combiné entre trois doigts prudents, d'un peu loin comme si c'était lui qui risquait d'exploser. Mais elle semblait aussi s'exprimer posément, sans le désordre essoufflé d'un appel au secours : bien que Meyer se proposât en principe de lui venir en aide, d'abord il se tint immobile derrière son volant, saisi par un scrupule, un souci incongru de ne pas déranger, aimant mieux attendre qu'elle eût raccroché.

La fumée, brusquement, changea de couleur et de consistance, plus épaisse encore, plus opaque, d'un noir pur exprimé par flots précipités. Pour autant la jeune femme n'avait pas bougé, seulement contrainte de parler un peu plus fort dans son téléphone, sans doute, puisque venait de s'adjoindre un fort bruit de soufflerie grasse, comme si le moteur se mettait à bouillir. Lorsqu'une déflagration sourde retentit en appel d'air, faisant fleurir au-dessus du capot un grand bouquet léger de flammes jaune clair, aussitôt fanées, Meyer jugea qu'il était temps, peut-être, d'intervenir.

Il ouvre la portière, il sort de son auto. Certes le comportement de cette femme rousse le ralentit, le déconcerte, qui paraît prendre son temps dans l'urgence du sinistre au lieu de fuir, qui jette encore trois mots dans le téléphone avant de se pencher, pour raccrocher, vers l'intérieur de sa voiture. L'ayant contournée sans se précipiter, elle extrait du coffre deux bagages qu'elle dépose sur le sol. Elle en retire aussi puis dégoupille un petit extincteur vermillon, dont elle va projeter le contenu dans le capot, sans autrement se presser, par élégants petits mouvements, comme elle vaporiserait de l'eau distillée sur ses plantes vertes. Elle est folle, pense Meyer. Il se met à courir.

Il court, à peine a-t-il franchi quatre ou cinq mètres que le feu ressuscite dans la Mercedes : franges vert acétylène et cœur gris fer, de hautes flammes orangées s'emparent du véhicule et commencent à le manger par l'avant, sous un puissant battement d'usine à gaz emballée. Mais la jeune femme ne semble toujours pas s'en émouvoir, elle continue d'asperger l'incendie par petits gestes de femme d'intérieur, dans la puanteur acide du néoprène et du téflon brûlants, de la peinture et de l'huile en fusion. Meyer vient de la rejoindre au

26

milieu du vacarme. Sans se présenter comme le voudrait l'usage, il lui crie quelque chose qu'elle n'a pas l'air d'entendre puis il saisit son avant-bras : éloignez-vous, crie-t-il plus fort, allez-vous-en de là. Elle se retourne en dégageant son bras, mouvement de menton condescendant, regard glacé pour étrangers. Mais tirez-vous, bordel de nom de Dieu, vocifère à présent l'étranger qui attrape sans ménagement l'autre bras de la jeune femme, malaisément car dérapant sur sa fourrure, et tâche de l'entraîner à distance du brasier.

Et l'autre idiote qui se débat, lâche dans le mouvement son extincteur, l'extincteur tombe sur un pied de Meyer qui grimace dans le tumulte crescendo : crépitements secs, impacts furieux, éclatements de vitres et de pneus, explosions d'accessoires et d'options, des grincements déchirants signent l'agonie d'organes plus essentiels. De toute façon Meyer en nage n'entend plus rien, traîne et pousse la jeune femme hors de l'affreux merdier en murmurant d'autres graves grossièretés, lui ordonne de se coucher dès qu'il semble qu'on soit assez loin. Comme elle résiste encore il la fait basculer, la plaque au sol en s'effondrant sur elle, et son nez vient de s'enfouir dans le parfum de la fourrure lorsque tout le supercarburant contenu dans la voiture explose.

La voiture explose en produisant un bruit de

grosse toux sèche, bref et plutôt décevant mais aussitôt suivi de mille joyeux grelots de métal, de verre, de chrome, boulons qui dégringolent et rebondissent sur l'autoroute, averse de ferraille que les conducteurs de passage évitent à vifs coups de volant, brutaux coups de pied sur les pédales comme font les organistes. Tous ont fui, le silence revient. Meyer, blotti, demeure enfoui, le nez jusqu'aux yeux dans la fourrure, complètement lessivé comme en fin de coït, parfois. Puis sans bouger il ouvre un œil, mécaniquement il fait le point sur le surgénérateur.

Derrière la Mercedes brûlée, au-delà d'une ligne de tilleuls, la centrale nucléaire est un bâtiment plat flanqué de constructions cylindriques courtes sur pattes, coiffées de coupoles, un long bâtiment plat que dominent trois cheminées géantes, profilées cathédrale, évasées château d'eau. Des câbles électriques perlés de boules rouges et blanches relient de hauts pylônes à croisillons, cependant que des cheminées s'échappe immobilement une masse légère de buée céleste, himalayenne, immaculée. Toujours enfoui dans le souple support de fourrure, la conductrice de Mercedes dessous, Meyer ne détache plus ses yeux de la centrale. Sans plus aucune envie de bouger. Mais il faut bien qu'il bouge lorsque la jeune femme, d'une voix étouffée, lui demande si ça ne l'embêterait pas trop de la laisser se relever.

S'étant époussetés sans se regarder, ils se dirigeaient ensuite vers l'auto brûlée, vers sa large mâchoire jaune décrochée. Béant de guingois, le capot découvrait des entrailles mécaniques dévastées, soupapes et pistons disloqués, durites bavotant de graisse et d'huile comme les artères sectionnées d'un cyborg. Meyer jeta un coup d'œil à l'intérieur du véhicule : volant multiplié par huit, rétroviseur pendu comme une dent par son nerf. Affaissée sur son axe, la poignée liquéfiée du changement de vitesse était un champignon pourri sur pied ; des sièges ne subsistait que leur carcasse réglable. Vous alliez où ? s'intéressa Meyer.

La jeune femme retirait une Benson de son sac, l'allumait en regardant sa voiture puis se retournait vers lui. Je ne sais pas, dit-il, je pourrais toujours vous avancer jusqu'à Marseille.

5

Mais d'abord, sous prétexte d'obscures clauses d'assurance, Meyer devrait dériveter les plaques noircies de la Mercedes, sur les instructions de la jeune femme qui les enfouit dans le sac informe. Ensuite il chargerait dans le coffre ses deux autres bagages, mallette et vanity-case en autruche auburn, pendant qu'elle s'installait à l'avant de la voiture, tirant sans un mot sur une autre Benson.

Elle ne s'exprimerait pas beaucoup plus jusqu'à Marseille. Lui tenterait bien quelques ouvertures, mais en vain : il n'obtiendrait en retour que trois monosyllabes du bout des lèvres, même pas deux gestes évasifs du bout des doigts, à peine un regard. Lorsqu'il imagina de se présenter, à toutes fins utiles d'indiquer au moins son prénom, la conductrice de l'ex-Mercedes jaune ne réagit que par un signe de tête automatique, sans décliner sa propre identité. D'accord, appelons-la Mercedes et n'en parlons plus.

Aidez votre prochain, pensait Meyer non sans amertume. Ça ne vous ennuierait pas de boucler votre ceinture, suggérait-il ensuite un rien offensivement.

Puis il branchait trop nerveusement l'autoradio, sans demander son avis à la jeune femme, s'échouant sur un programme d'informations pratiques : une voix traînante faisait valoir que les enfants jeunes, en raison de leur petite taille, sont mal visibles par les conducteurs de poids lourds. Trop nerveusement encore il changea de station : un frétillant jingle suggérait aux auditrices de profiter à fond, sans perdre une minute, des super-aubaines à prix plancher que proposait une centrale d'achats. Meyer coupa la radio beaucoup trop nerveusement.

Silence complet jusqu'à Marseille, plus aucune distraction sauf lorsque des travaux comprimèrent le trafic sur une voie unique à vitesse limitée : Meyer put alors suivre trente plans d'un film rose sur le téléviseur, fixé près du rétroviseur, d'un car espagnol vert derrière lequel on piétina le temps d'une troisième Benson. Mercedes venait d'extraire une paire de lunettes noires de sa fourrure. On allait arriver.

Avant la catastrophe, l'entrée de Marseille présentait quelques longues pentes abruptes de part et d'autre de l'autoroute. Pentes garnies de barres locatives délavées, gros hôpital blême surplombant une pluie de pavillons crépis, mairies d'arrondissement préfabriquées, pas mal de jardins potagers et de parcelles constructibles. Quelques villas fin de siècle à terrasses et clochetons, reconverties en instituts d'action sociale à moins qu'en centres médico-psycho-pédagogiques. Encore quelques terrains vagues, mais aussi deux ou trois grandes surfaces sur champ de caddies. Il commençait de faire chaud, le soleil empoissait le panorama d'un air pesant, hanté par les odeurs fantômes des savonneries dissoutes et des huileries faillies — âcre et fade atmosphère où ne se devinait pas la proximité de la mer, vers le niveau de quoi l'on descendait pourtant. Meyer se mit à transpirer. Où puis-je vous déposer ?

Dans un ondoiement d'épaules et d'omoplates, retenant ses coudes en se soulevant un peu, Mercedes venait d'ôter sa fourrure sous laquelle un chemisier vert clair, pas mal échancré, délivrait une précise et précieuse idée de son buste. N'importe où, répondit-elle d'une voix distraite, une station de taxis. Puis comme on s'engageait sur le tronçon de voie rapide suspendue qui accède au centre-ville au-dessus des quais, par-dessus les bassins de remisage et de radoub, la jeune femme trop indifférente se pencha vers la mer. Non mais, pense Meyer, pour qui je me prends.

Vexé d'être un peu vexé, soudain pressé de se débarrasser d'elle, il freina sèchement dès la première station, celle-ci vous conviendrait-elle. Sans attendre une réponse il ouvrit sa portière, d'un pas martial s'en fut extraire du coffre la mallette et le vanity-case qu'il posa sans égards à même le trottoir malpropre, sourd aux protestations de l'autruche outragée. Mercedes prendrait tout son temps, bien sûr, pour descendre de la voiture avant de s'approcher, négligente, regardant ailleurs, sa fourrure en vrac jetée sur son bras. Comme elle allait se pencher vers ses bagages, Meyer mécontent de lui précéda quand même le mouvement, les ramassant pour les lui tendre avec un sourire strict. Or la jeune femme sourit en retour, or contre toute attente c'est le plus éclatant sourire du monde qui soudain rayonne sur Meyer comme un soleil sentimental, un sentiment continental chargé de tout ce qu'on attend, tout ce qu'on espère du siècle. C'est maintenant qu'il devrait aussitôt, souple et rapide, bondir à bord de ce sourire, s'y installer et s'enfuir avec lui pour la vie — mais bon, la fille est partie.

Pour rejoindre la maison de Nicole il suffisait de tenir ensuite un simple cap est-sud-est, parallèle à la côte. Mais le soleil, la chaleur, l'absence de plan de Marseille et le sourire de Mercedes firent que Meyer ému finit par se perdre. D'abord s'égarant au beau milieu de la ville, puis se déportant irrésistiblement vers sa périphérie : les bars se raréfièrent avec les épiceries, les rues se transformèrent en routes puis rétrécirent, sinueuses et traversées par des partis à la dérive de chiens déclassés, gyrovaguant sans plaque d'identité.

Perdu, convenant de son erreur, les efforts de Meyer pour la réduire n'aboutirent qu'à l'aggraver, comme on étrangle à mort un nœud qu'on veut défaire : sous ses yeux la banlieue se décomposait. Au bout d'un chemin sans accotements, une construction grise et basse pouvait être une cité de transit. Au bout d'un autre s'étaient groupées trois caravanes farouches, bardées de vives étoffes et d'antennes de travers. De moins en moins d'habitations, parfois les bâtiments déserts d'une société de travaux publics, un entrepôt que surveillaient d'autres modèles de chiens, domestiqués, ralliés à l'ordre du langage articulé, mieux nourris mais rigolant moins. Puis le paysage commença de présenter d'authentiques lots ruraux à peu près conservés : petites zones maraîchères, silos, petites fermes flanquées de basses-cours. Définitivement dérouté, Meyer s'arrêta devant l'une d'elles pour demander son chemin.

L'auto garée sur un côté de la route, la moitié d'un pneu dans le fossé, Meyer s'approcha du portail. A première vue personne dans la cour qu'un platane au milieu. Puis Meyer distingua la tête et le poitrail luisant d'un cheval fou dans l'ombre d'une stalle, forte bête écumante aux yeux gelés de terreur et qui, soudain se cabrant, se mit à battre des antérieurs contre la porte du box. Le choc répété des sabots sonnait d'abord sinistrement puis Meyer s'aperçut, à quelques autres signes, qu'une atmosphère inquiète pesait sur la basse-cour : frissonnant rang serré, les poules s'étaient juchées sur une branche du platane, quelques canards hypertendus investissant la branche du dessus, loin du rond d'eau boueuse au bord duquel, regard immobile et soies hérissées, quatre porcs paraissaient en état de choc. Tout cela respirait moins une peur précise — les mauvais traitements, les garçons-bouchers, les fours à micro-ondes — qu'un profond malaise flou. Seuls deux nouveaux chiens beige et gris, vautrés sur le seuil de la ferme, semblaient encore en paix avec eux-mêmes.

D'ailleurs, après que Meyer eut frappé deux fois contre le cadre de la moustiquaire, le fermier parut qui n'avait pas l'air du mauvais type. D'une voix dénotant la fin de sieste et la Catalogne, il indiqua bien volontiers la direction de la mer. Puis le cheval s'étant remis à battre comme un gros jouet mécanique détraqué, les deux chiens éteints près de la porte se dressèrent brusquement, raides sur la pointe de leurs ongles écaillés. Frémissants, ils se mirent à hurler de conserve, accompagnés hors champ par tous leurs congénères des environs, chiens de garde et chiens déchus, bergers allemands ou bâtards hors la loi. Fronçant un sourcil placide, l'exploitant se pencha sur les siens pour les tranquilliser dans sa langue maternelle, lentement ils se raplatirent en gémissant. Qu'est-ce qui leur prend ? fit Meyer. L'orage, peut-être, supposa l'exploitant. Avant que ça tombe ils sont comme ça, des fois. Des fois. Vous avez bien compris le chemin ? Oui, dit Meyer, merci. Une heure plus tard, sous un ciel rien moins qu'orageux, il arrivait devant chez Nicole.

6

Il avait rencontré Nicole quand il n'était qu'un homme abandonné par Victoria, un de ces bons vieux types délaissés qui analysent les paroles des chansons d'amour tristes sur le transistor de la salle de bains, seuls au fond de leur peignoir dans le miroir, brossant pour plus personne leurs dents jusqu'au sang. Nicole avait bien consolé Meyer à la fin de l'ère victorienne, puis quand les choses s'étaient tassées ils n'avaient plus été amants qu'éventuellement, à l'occasion, pas loin d'un lit trop vide après deux ou trois verres trop vite vidés.

Mais plus maintenant. Maintenant, régulièrement, Meyer vient passer quelques jours de congé dans la maison de Nicole, moyenne villa jaune paille décolorée, trois chambres au-dessus d'un grand living que poursuit une terrasse fleurie d'ancolies, d'iris, d'oxalides. Il y occupe toujours la même chambre exiguë donnant sur la mer, séparée d'une minuscule salle d'eau par une marche traîtresse, spécialement casse-gueule quand on ne connaît pas. Meyer connaît bien. Poisson dans l'eau des petites fêtes que Nicole donne un soir sur deux ou trois, il n'a chaque fois que l'embarras du choix parmi la bruissante, florissante, polychrome société de jeunes femmes.

Tu ne veux pas prendre une douche ? suggère Nicole, tu n'as pas un peu faim ? Tu n'aimerais pas que je te prépare un petit truc rapide léger ? Un petit œuf à la coque, allez. Bon, dit Meyer modestement, je veux bien mais je ne voudrais pas. Allons-y, clame Nicole en immergeant deux œufs dans l'eau bouillante. Maintenant, mes petits chéris, vous allez cuire.

Meyer la regarde faire, prend son verre où tourne un glaçon, s'étend non loin sur la terrasse au creux de la méridienne, l'après-midi touche à sa fin. Un disque de musique tropicale molle tourne à bas bruit, un fond de zéphyr donne un peu d'air marin, l'iris et le seringa respirent lentement, profondément, très loin des guerres et du fracas des bombes, loin du cliquetis des armes automatiques, des grenades offensives et de l'artillerie lourde ; ni pleurs ni plaintes entre les pots de verveine, les transatlantiques à rayures, les parasols à pois ; la paix. Deux bracelets de fer maintiennent le béton corrompu d'un pilier.

Nicole, cependant, parle, donne des nouvelles accélérées de Georges qu'elle a quitté pour un certain

Bill, je veux que tu connaisses Bill, de Chantal qui n'a plus de goût à rien depuis que Fred s'est installé chez Jean-René, de Pierre-Paul et de Marie-Cécile, Youssouf et tous les autres, de toute façon tu vas les voir ce soir. Excepté le certain Bill, Meyer connaît tous ces noms. Nicole parle aussi du temps, spécialement lourd depuis deux jours, tu es sûr que tu ne voudrais pas prendre une douche, vraiment ? Meyer ne répond pas, Meyer promène le bout de ses doigts sur ses joues moites à contresens du poil, paillasson machinal.

Il se lève, marche vers la balustrade et vérifie le panorama. Au fond : la Méditerranée. A gauche : trois collines de pierre blanche se succèdent vers la mer, on dirait trois chapiteaux de cirque auxquels une douzaine de tours d'habitation, construites à leur base, tiennent lieu de piquets ; une nouvelle tour est d'ailleurs en chantier, veillée par deux hautes grues jaune et verte. A mi-chemin s'étend un hippodrome ovale, non loin de la plage qui n'est qu'à dix minutes à pied. Silencieusement, Meyer se repasse le sourire de Mercedes pendant que Nicole poursuit l'inventaire de ses amis à venir. Ils arrivent quand ? demande-t-il distraitement.

Vers dix heures ils étaient tous là : les frères Barabino (Georges est arbitre international, Pierre-

Paul créateur de produits), Marie-Cécile et Youssouf (qui a repris le restaurant de la pointe avec Mickey), le docteur Braun et son labrador Black, Jany Laborde en bustier tête-de-nègre accompagnée de sa petite sœur Sandrine Laborde en body vert (et dont ce sont les débuts, ce soir, dans le monde), Dédé Gomez (monteur d'échafaudages, pilier de soirées), Chantal enfin qui n'a pas l'air, c'est vrai, d'aller très fort. Noyau de proches autour desquels gravitaient encore nombre de satellites. Le certain Bill n'était pas encore là, mais figuraient parmi les satellites d'attachantes personnes. L'académie d'une blonde mousseuse, notamment, requit d'emblée l'attention de Louis Meyer, tout de suite il voulut savoir qui c'était : Cynthia, modèle de son état, points d'opale aux oreilles, chaîne de cheville en or. Derrière chacun de ces attributs, Meyer aussitôt subodorait le faux — prénom de guerre, travail intérimaire, toc — mais il entreprit la jeune femme sans perdre une autre blonde de vue (Marion Morhange, la nièce du docteur Braun).

Sur la terrasse dont le sol de ciment restituait par nappes la touffeur amoncelée tout le jour, Meyer s'entretenait donc avec le satellite artificiel, le plus près possible. Un doigt d'alcool faisant encore défaut dans la formule sanguine des invités, personne pour le moment n'ouvrait la danse. La musique se tenait ainsi basse, provisoirement à l'état de fond, bridée au volume minimum quoique attentive au moindre geste, au déhanchement le plus discret, arc-boutée dans son starting-block, prête à tout. La mer était un peu trop calme, un peu trop loin pour qu'on perçût le bruit de ses vagues, mais depuis les chênes-verts alentour des orphéons d'insectes gratteurs frisaient l'air, le faisaient se démanger du bout des ongles, par flots d'intensité variable qui parfois couvraient les conversations. Puis en coulisse parurent les quatre temps distinctifs entre mille d'une Triumph Bonneville 650, ce ronflement bicylindrique et rond qui n'appartient qu'aux vieilles anglaises et qui finit par s'immobiliser au ralenti, en contrebas de la terrasse, et par s'éteindre après un dernier grognement d'accélérateur jeté dans le vide. Bill, je suppose. Meyer suivit Cynthia jusqu'à la balustrade.

Penché sur sa monture dans le halo tiède d'un réverbère, un athlète verrouillait calmement l'antivol. De loin, vêtu d'un pantalon de survêtement rouge à bande latérale blanche et d'un T-shirt thermocollé du substantif URGENCE en rouge sur blanc, il incarnait l'idée du maître-nageur sauveteur ou du sapeur-pompier, l'allégorie du premier secours. Ses dents jetèrent un flash quand d'un geste large il salua Nicole, ravie de le voir gravir au pas de gymnastique l'accès pentu à la villa.

Remue-ménage lorsque un instant plus tard l'athlète parut sur la terrasse, larges épaules et mâchoires larges, large sourire et verbe haut, hautes chaussures de sport au laçage compliqué : aussitôt à son cou puissant toutes les filles s'étaient suspendues éperdues. Comme Nicole, ensuite, s'approchait de Meyer pour lui présenter Bill, juste un instant d'inattention suffit à faire disparaître Cynthia. L'instant d'après, non loin, Meyer la vit accaparée par un garçon trapu, râblé, plus petit qu'elle dans un blouson marron glacé — c'est qu'il faut toujours surveiller de très près ce genre de satellite, prêt à s'enfuir de son orbite dès que votre attention se relâche, quand votre télescope ne fait plus le point sur lui seul.

Meyer serra la main de Bill, la retirant intacte avant de se rapprocher de Marion Morhange, autre corps céleste repéré plus haut. Belle grande jeune femme brune carrée dans une belle robe longue rouge, très ajustée sans la moindre poche d'air, la moindre ombre au fond des yeux ni du sourire : tout de suite on était familier, tout de suite on connaissait Marion dont les pieds sur terre et le rire sans fard dénotaient sans doute un appétit d'ogre, un sommeil d'ange, une santé de fer. Certes Meyer, d'habitude, aime mieux les femmes troubles et codées, les serrures à formule plutôt que les coffres

42

grand ouverts, mais le système Marion a aussi du bon. Nous verrons.

Au bout d'un peu de conversation, Cynthia passant non loin sourit à Meyer avant de s'en aller, suivie du garçon râblé. Vous partez déjà, s'étonna poliment Meyer en ignorant le regard marron glacé. Formules de convention, proposition d'appel téléphonique : comme la jeune femme n'avait pas l'air de s'opposer à cette idée, Meyer chercha de quoi écrire dans sa veste, trouvant tout de suite un Bic mais nul papier. Sur une table, derrière une pyramide de verres se trouvait une corbeille d'agrumes où Cynthia prit un fruit, traçant un numéro bleu roi sur jaune citron que Meyer enfouit en souriant dans sa poche. Puis, le temps de cet échange, Marion Morhange n'était plus là non plus.

Bilan de ces tentatives désordonnées, vers minuit Meyer se retrouvait seul. S'étant versé un verre puis retrouvé seul avec ce verre, passant d'un groupe à l'autre en échangeant trois mots. Assez oxydés à présent, quelques jeunes gens dansaient le pogo, Meyer préféra se tenir à l'écart. En quête de cubes de glace il se rendit dans la cuisine à cet instant déserte, soulevant sans y toucher la première strate d'un club sandwich abandonné, pour voir, s'accoudant à la fenêtre qui donnait derrière la maison : là non plus rien à voir qu'un petit chantier dans le noir, la silhouette d'une pelleteuse orange cabrée sur un éboulis mauve. Un bruit dans son dos le fit se retourner : Marion venait de reparaître, l'air de chercher quelque chose sans conviction. Comme il proposait, désignant son verre, de lui préparer aussi un gin-tonic, elle répondit qu'elle préférait une eau gazeuse ou du soda, du Coca, un truc dans ce genre. Meyer s'effaça pour lui ouvrir la porte du réfrigérateur, galamment comme s'il s'agissait d'une portière de voiture, intérieurement garnie de plein de trucs dans ce genre.

— Puis non, fit-elle en se retournant vers lui. Peut-être un citron pressé, plutôt.

— Aucun problème, dit calmement Meyer en retirant le citron numéroté de sa poche, le coupant en deux, le pressant puis le servant dans un grand verre à la jeune femme.

Ensuite il est prouvé qu'on s'embrasse très souvent dans les cuisines, pendant ce genre de soirées — des baisers enflammés se brûlent au fourneau, collent au frigo, basculent dans l'évier, c'est vérifié. On improvise dans les cuisines de petits baisers sur le pouce que l'on consommera debout, sans apprêt, mais on peut également s'en mitonner d'interminables, étreintes en long métrage qu'on savoure en prenant son temps. D'ordinaire on dispose ensuite ces baisers sur un plateau qu'on emporte en vitesse dans une chambre ou quelque autre lieu clos, retiré, pour les goûter plus à son aise et s'en gaver — ce que la jeune femme eût peut-être souhaité, au lieu de quoi Meyer lui proposa d'aller faire un tour sur la plage.

Déjà plus d'une heure du matin, la soirée toucherait bientôt à sa fin, la plupart du monde s'en était allé mais une petite dizaine tiendrait dans les chaises longues de la terrasse, peut-être jusqu'au lever du jour, parlant doucement de choses qui ne seraient plus, demain, dans les mémoires, n'auraient pas résisté au lavage du sommeil. Meyer et la jeune femme descendirent le raidillon sinueux à sens unique bordé de conifères et de portails, chaque portail sa poubelle et chaque poubelle son chat. Chats frères des chiens croisés dans la banlieue : errants, suspicieux et rageurs, psychopathes. Meyer faisait doucement tourner un souvenir de glaçons dans son verre, son autre main sur la hanche de Marion. Au bas de la colline, le chemin s'élargissait en petit delta greffé sur la route de corniche à six voies.

Au-dessus de la mer une vague velléité de clarté, premier accroc de l'obscurité, maille filée dans la trame du ciel noir, ne suffisait pas à laisser distinguer précisément la plage ni la nature exacte, au fil du sable, de ses déchets. Bouchons d'Ambre solaire et capsules de Carlsberg, sacs plastiques, bois flotté.

45

Silhouettes d'un sextuor de mouettes se disputant la préséance pour déchiqueter une chose informe. Les mouettes s'égaillèrent à l'approche de Meyer, qui se pencha sur cette chose sans l'identifier. Sorte d'éponge mousseuse à mi-chemin de l'animal et du végétal, voire de l'organique et du manufacturé : cadavre corrompu, grumeau chimique, nœud d'algues ou autre. Meyer se redressa, vit son verre dans sa main, brève gorgée tiède et brève grimace. Du bout du pied, sous l'œil réprobateur des mouettes restées posées non loin, il restitua la chose à son milieu qui est un composé de trois quarts d'eau plate, salée à 29 g/l, et d'un quart d'eaux usées, avec deux doigts d'hydrocarbures, une poignée de germes, colibacilles et vibrions, un trait de nitrates, une pincée de phosphates ainsi qu'un zeste de fertilisants, bien agiter, servir à 20° ; Meyer jeta la fin de son verre dans le cocktail, nuançant sa formule d'un quart de ton de gin.

Ses chaussures à la main, Marion marchait dans les vagues étalées, finissantes, qui tiraient en mourant de longues langues plates effervescentes. Meyer la rejoignit : les plages, la nuit, pour s'embrasser, sont presque aussi bien que les cuisines. Marion fermait les yeux pendant, Meyer pas forcément. Le ciel serait obscur encore longtemps avant de virer à l'anthracite, la pierre meulière, l'ardoise, la perle rose avant le premier rayon. Or, comme s'il s'entrouvrait, voici qu'une grande lueur vive l'envahit un instant, l'irradiant juste le temps d'un battement de cils. Un éclair silencieux, puis aussitôt la nuit revenue. Tu as vu ? fit Meyer. La lumière. L'éclair. Tu n'as pas vu ? Mais non, dit Marion doucement, tu es sûr ? Je ne sais pas, dit Meyer, peut-être pas. C'est peut-être moi. Un éblouissement. Ça me prend de temps en temps.

7

Neuf heures du matin, sonnerie du téléphone. Je décroche aussitôt. Blondel.

Un Blondel assez déprimé qui se plaignait comme toujours de ce que personne ne voulût l'écouter à l'agence, de ce qu'on n'accordât pas assez d'attention à son programme environnementaliste. Je le consolai du mieux que je pus, mais j'abrégeai.

Pas beaucoup plus de projets que lundi dernier. J'envisageai de mettre un peu d'ordre chez moi mais, depuis quelque temps, cette oisiveté forcée m'avait déjà fait tout ranger, plusieurs fois. Pas très envie de sortir pour le moment. J'essayai d'appeler Jacqueline : occupé. Puis mon regard se posa sur Titov qui, selon son habitude, dormait tranquillement dans son coin. Peu de créatures sont aussi calmes que celle-ci, peu d'entre elles dorment aussi souvent, aussi longtemps. Titov est si paisible et tellement bien élevé que j'avais laissé ouverte, comme toujours, la porte de son réduit. Bien élevé mais bien peu distrayant : à peine se tournait-il doucement dans son sommeil, de temps en temps, produisant de légers sons. Rien de très divertissant.

Tournant un moment dans l'appartement, d'abord passant en revue ma collection de chemises, ensuite classant quelques papiers cent fois classés, je tombai sur la grande boîte de papier photographique Ilford où j'entrepose de vieux clichés. Je n'en possède pas tant que ça, moins que mes collègues chargés de famille, mais je décidai de les trier. Les photos privées d'un côté, de l'autre les professionnelles. Parmi ces dernières je retrouvai celle qui avait servi à Max pour mon portrait, tel qu'il est exposé chez Pontarlier. Je conserve dans une autre boîte, fournis par l'agence, une pile d'exemplaires de cette photo. C'est elle que j'utilise quand on me demande mon portrait dédicacé, ce qu'osent de jeunes garçons deux ou trois fois par an.

Côté privé, pas mal de photographies de filles en ma compagnie, quelquefois sans ma compagnie, rarement en compagnie d'un tiers. Jacqueline, que je vois quand même plus souvent que les autres, était plus fréquemment représentée. A la plage, à la neige, sous la douche, dans la rue. A Boroboudour avec moi, au bord du fleuve Amour également avec moi, les deux seules fois que nous sommes partis ensemble en vacances — chaque fois la catastrophe. Mais je possédais surtout, prises bien plus émouvantes et nobles, certaines à son insu, plusieurs photos de Lucie. En voyage d'étude, à l'agence, en conférence ou dans la rue. Je les regardai.

Trier tout cela me prit assez peu de temps.

Je conçus ensuite puis rejetai le projet de téléphoner, l'une après l'autre, à toutes les autres filles qui souriaient sur mes photos. Chez Jacqueline, en tout cas, cela continuait d'être occupé. J'hésitai un moment avant d'appeler Lucie à son bureau mais, quand je me fus décidé, sa secrétaire m'apprit qu'elle s'était absentée quelques jours.

Pas facile, pour un type comme moi, d'être obligé de rester chez soi. Je préférai sortir sur ma terrasse et regarder le ciel, redevenu fort pâle. Avec, au sud, un peu de nouveau : d'inhabituelles traînées rougeâtres évoquaient une espèce d'eczéma, une dermatose ou quelque chose. Pas très joli. J'allai, faute de mieux, chercher mon home-trainer dans ma chambre et le transportai sur la terrasse. Installé sur son siège coulissant, je passai la matinée à tirer sur les ressorts, pousser sur les leviers articulés de la machine, aller et venir le long de ses rails et ramer, développé-couché, flexion, entretien des biceps et des triceps brachiaux, travail des quadriceps fémoraux. Abdominaux, abdominaux.

8

Dix heures du matin. Regardez-moi ce personnage qui s'éveille en sursaut, sans comprendre ce qui vient de l'extraire de son rêve — une sale histoire d'échafaudage ou d'échafaud, de plans qu'un nain consulte par-dessus son épaule — sans même réaliser où il se trouve au juste, dans quel lit, dans lequel des deux cent cinquante lits de sa vie. Il ouvre un œil, il reconnaît sa chambre chez Nicole, s'en remémore les attributs — bois blanc des meubles et papier peint rose léger, bleus ciel et marine derrière la fenêtre, jusqu'à la petite marche casse-gueule qui rend aventureux l'accès à la salle d'eau. Il reste immobile mais sa main se déplace en exploration lente à la surface du drap, jusqu'à ce que le bout de ses doigts rencontre une autre peau : maintenant ce sont les attributs de Marion qu'il se rappelle. Il ouvre son autre œil et se tourne vers la jeune femme endormie, avise sur son épaule une petite marque ovale de cutiréaction,

51

grande comme une empreinte digitale et vallonnée comme une coque de noix.

Refermant les yeux, rassuré par la permanence du monde, il repère juste alors ce qui l'a réveillé : c'est le bruit d'ébullition de la mer nerveuse, aussi présente qu'une aspirine effervescente qui bouillonnerait, à portée de sa main, dans un verre sur la table de chevet — d'ailleurs cette aspirine, soit dit en passant, Meyer ne dirait pas non. C'est un grondement d'eau sous pression, curieusement proche comme un ronflement de canalisation, un borborygme de tuyaux dans le ventre même de la maison. Trop engourdi pour s'étonner, pour aller chercher le comprimé, vaguement tranquillisé par ce bruit naturel, Meyer se rendort sur le dos.

Mais regardez-le encore, une heure après, tout juste s'il entrouvre une paupière quand Marion se lève et se dirige vers la salle d'eau. Peut-être ne serait-il pas mal de réagir, quand même, montrer un peu de présence d'esprit, prévenir la jeune femme du péril de ce parcours. Mais lui, beaucoup trop abruti, du fond de son oreiller c'est à peine s'il marmonne Tention à la m, bruit de chute, trop tard.

Ensuite, sur la terrasse, au milieu des verres vides et des cendriers pleins, Meyer et Marion beurraient quelques tartines sous le parasol. Silence à l'intérieur de la villa, sans doute Nicole dormait-elle encore,

Meyer ne se souvenait plus si Bill était resté. Sous l'eczéma de cigales qui dévoraient l'air chaud, les appels cafardeux des mouettes en manque, le break-fast émettait de petits éclats discrets, fractures de toasts et bris de biscottes, percussions mates faïence-inox. Bâillements et chuchotis. Puis, après que la jeune femme eut recherché son sac un peu partout, Meyer resta seul un moment sur la ter-rasse, considérant la mer, les collines, l'hippodrome, coiffé d'un bob rouge à mailles larges trouvé sous un transat.

Encore une heure plus tard, Meyer avait laissé son véhicule à l'ombre de la gare, extrait l'autoradio de son compartiment. Maintenant, l'autoradio au bout du bras, il descendait les marches de l'escalier monumental. Nombre d'allégories coloniales sur-chargeaient l'escalier, cadré par deux très hauts palmiers-dattiers au garde-à-vous. Mal à l'aise d'in-carner ce contre-emploi réglementaire si loin de leur vocation nonchalante, ondulante, déçus que leur essence exotique ne fût pas mieux utilisée, ces palmiers jaunissaient sur place, ici coincés sans autre perspective alors que Meyer, autrement mobile, dressait une petite liste de courses à faire en ville — acheter des sandales, des cartes postales et prendre un verre sur le port au Locarno, au San Remo. A mi-hauteur de l'escalier, son regard couvrait le réseau d'artères glissant en pente douce vers le niveau de la mer. Au bas des cent marches il s'engagea dans le boulevard d'Athènes, croisant nombre d'Africains du Nord, du Centre, moins d'Extrêmes que de Proches-Orientaux, puis deux jumelles sexagénaires françaises identiquement permanentées, fardées, portant le même ensemble de jogging rose mais pas tout à fait la même marque de baskets — toujours assez émouvant, les jumeaux, surtout quand c'est un peu âgé.

Meyer descendit le boulevard d'Athènes en s'attardant comme d'habitude sur le passage des femmes croisées, dans leur sillage — c'est un jeu, chaque fois, d'identifier leur parfum. Meyer ne connaît pas trop mal l'usage, le dosage, la chimie de chacun de ces parfums sur telle ou telle nature de peau : comment Calèche vire sur une brune, Vol de nuit sur une fausse blonde, Joy sur une rousse divorcée, Je reviens sur une veuve joyeuse. Les yeux mi-clos, son nez fendant comme un brise-glace l'air embaumé, il forge ses hypothèses puis se retourne pour vérifier.

Dans un renfoncement du boulevard d'Athènes, après le coin de la rue des Convalescents, Meyer savait bien que se trouvait l'hôtel du Soudan, devant lequel il marqua trois secondes d'hésitation. Peut-être qu'Elizabeth aurait changé, quitté sa chambre du quatrième pour se marier, mais peut-être aussi l'accueillerait-elle en vieux kimono vert, entrebâillant une porte méfiante et noircie de coups de pied, lui enjoignant d'une voix basse et nerveuse de filer vite fait sinon j'appelle les flics. L'hôtel, en tout cas, n'avait en rien changé, fort de ses obsolètes commodités — eau courante, cabinets particuliers — gravées sur un ovale noir vissé près de l'entrée, mais les vieux stores désassortis, les vitres maintenues au chatterton, au sparadrap, parfois un sac plastique tendu à leur place, disaient assez que la chance avait tourné. Au quatrième étage, les rideaux d'une fenêtre à gauche n'avaient pas été remplacés, joviale étoffe sénégalaise qui avait représenté, dans le temps, de fiers lions et des tigres altiers sur fond bleu vif, rouge sang, éclatants, mais que trois ans d'érosion solaire avaient éteinte, rendue morose, son fond devenu gris perle et vieux rose, et tous ses fauves apprivoisés, domestiqués, voûtés. Meyer poussa quand même la porte de l'hôtel.

A l'ombre d'un ficus en coma dépassé, l'homme de la réception consultait la presse sous un ventilateur indien à douze vitesses. Meyer décrypta le titre d'un article (*Coupe Max Crémieux : Une défaite plus qu'honorable*) avant de tousser légèrement, faisant l'homme lever un grave regard de brancardier pente-côtiste — pas plus de trente ans, pas plus de mille cheveux transparents accrochés en camping sauvage

55

au flanc des temporaux. D'un plafonnier chromé, une lumière de frigorifique tombait sur les crânes chauve de ce réceptionniste et rayé sur le côté de Meyer qui, tout en continuant de parcourir à l'envers le journal (*Miramas : A la recherche du maniaque*), demanda si par hasard une mademoiselle Elizabeth Frise n'habiterait pas toujours ici. La 48 au quatrième, déclina le brancardier. En effet, rien de changé depuis mille jours.

Décollée par-ci, décolorée par-là, décorée de pâles clichés de l'Opéra, du château d'If et de la porte d'Aix dans les années cinquante, une peluche bordeaux tapissait la cage d'escalier, le tapis rouge et noir à palmettes couvrant ses marches jusqu'au deuxième étage cédait plus haut la place à du sisal frangé. Progressant vers la 48, Meyer se rappelait Elizabeth, leurs étreintes, leurs adieux : en apnée de baisers, elle collée contre lui dans son kimono vert tout neuf, lui déléguant ses doigts dans les coulisses du frêle vêtement, un matin de mai devant cette porte à laquelle il frappa deux fois. Doucement.

Elle n'avait pas changé tant que ça, toujours attrayante sous sa petite robe en imprimé rayé bâtie sur un patron de *Neue Mode* dans un coupon soldé chez Ben Textile. C'est moi, dit Meyer sobrement. Je vois, fit-elle sans surprise apparente. Tu veux entrer ? Coup d'œil circonspect de Meyer sur ce qu'on voyait de la chambre derrière Elizabeth, depuis le palier, dans le jour édulcoré par ce rideau plein de félins édentés : une table avec une chaise, une veste d'homme fatiguée sur le dossier de la chaise, un bouquet d'occasion sur la table, trois iris défraîchis sous cellophane froissée. Il dit, baissant la voix, qu'il était de passage et qu'il avait pensé. Qu'il aurait dû prévenir mais qu'il avait pensé. Bref qu'il n'aimerait surtout pas déranger.

Mais trop tard : d'un angle mort de la chambre s'élevèrent un râclement de gorge suivi d'un grincement de sommier, puis un homme aux yeux douloureux parut derrière Elizabeth. Pas peu musclé, pas mal velu, mi-bas noirs et sous-vêtements blancs. Un ami, dit sans un geste Elizabeth. Quel ami ? se demande rapidement Meyer. Lui ? Moi ? L'autre tendait une main volumineuse en se permettant de se présenter : métreur demandeur d'emploi, son objectif terrestre était de faire le bonheur d'Elizabeth et de veiller à ce que plus personne ne vienne l'embêter, jamais. Or il voyait immédiatement que Meyer n'était pas de ceux qui tenteraient d'embêter Elizabeth, il le voyait distinctement, aussi l'invitait-il à l'appeler par son prénom, Drajan, puis à boire avec eux ce fond de slivovic provenant directement de là-bas.

Un peu tôt pour Meyer, mais Drajan, si bien disposé qu'il parût, risquait de se froisser d'un refus.

La douleur de son regard pouvait dénoter le banal comme le pire, la carence maternelle ou l'embarras gastrique, l'horreur du vide ou la rupture de stock de Gitanes filtre. Prudence avec ce genre d'homme dont la sympathie lourde, spontanée, menace en filigrane de s'inverser dès la première contrariété. Bon, dit-il, c'est gentil. Juste un petit verre et je file.

Pas si petits que ça, ce seraient quand même deux verres avec un pour la route. La tête de Meyer tourne au sortir de l'hôtel du Soudan, lui-même n'est pas très content de lui-même, il se rappelle confusément le détail des courses à faire sous un soleil qui ne plaisante plus, l'autoradio pèse un quintal au bout de son bras. Sous la douche zénithale, vers le port, il suit l'inclinaison des rues, dérive sans autre guide que cette déclivité. A hauteur de la Bourse il se trouve pris, passant passif, dans une petite turbulence piétonne, juste en face du centre commercial : aussitôt charrié par un courant irrésistible, insecte au fil du fleuve, animalcule dans l'œil du tourbillon, en cinq secondes il est aspiré, gobé par les portes battantes du centre commercial.

Où l'air, étant conditionné, lui fait reprendre ses esprits. C'est l'heure où vont déjeuner les salariés, l'heure à laquelle ils font de petites courses : pas mal de monde, pas mal de femmes, donc pas mal de parfums mêlés — les verts et les ambrés, les grands classiques et les petits bon marché, de la vanille au musc. Tout en marchant, Meyer se remet à jouer comme tout à l'heure à les reconnaître, mais subitement il freine en traversant le sillage de l'un d'entre eux qu'il connaît. Qu'il a déjà croisé. Parmi les cinq à six cent mille virages recensés d'un parfum sur une peau, celui-là seul, une fois, Meyer l'a rencontré. Il se retourne, il cherche du regard.

Le sillage provient, semble-t-il, d'une cohorte en marche vers les grands ascenseurs. Meyer intègre la cohorte, joue des coudes et remonte le peloton. L'ampleur de ce parfum s'est dissipée mais quelques encourageantes molécules lui parviennent encore, Meyer se guide avec, s'oriente, les suit comme des traces de pas : fonce dans l'ascenseur aux trois quarts plein.

Au fond de la cabine prévue pour trente personnes, haussé sur la pointe de ses pieds, ça y est : il la voit. Il l'a vue. Mercedes. Il la voit très bien. Des gens derrière Meyer entrent dans la cabine. Meyer est poussé. Les portes de l'ascenseur vont se fermer. C'est juste alors, il est 12 h 50, que la terre se met à trembler. Mais c'est très discret, personne ne s'en aperçoit.

9

Elle tremble un millier de fois par jour, de toute façon. Un peu partout. Plus souvent qu'à son tour près de la Méditerranée. C'est que sous des dehors faciles et bleus, jaune citron, légers, verts, l'innocente Riviera sert de couverture au combat souterrain qui oppose la plaque africaine à la plaque eurasiatique. Sans cesse au-dessous de nous l'Afrique attaque, monte à l'assaut, tente d'annexer trois pouces de terre à l'Eurasie qui lui en concède ordinairement quinze millimètres par an. Mais il arrive que l'Eurasie se rebiffe, résiste, qu'elle refuse de marcher dans le racket africain. Elle a tort et tout le monde y perd car aussitôt les failles s'aggravent, les blocs se tendent jusqu'au seuil de rupture. Et pour peu que l'alignement des planètes amplifie l'attraction terrestre, dès lors c'est toute la zone qui cède et soubresaute, c'est tout le massif qui risque de s'ébranler. Différents signes avant-coureurs, parfois — pluie de sable ou de sang, nervosité dans les basses-cours et sur les autoroutes, éclairs de chaleur hors saison —, présagent ces phénomènes, mais la plupart du temps la terre ne tremble qu'à peine et nul ne s'en rend compte que les chiens, rien ne réagit que les déclencheurs d'alarmes domestiques ultrasensibles. Il est heureusement peu fréquent que cette secousse discrète soit suivie d'une réplique. Heureusement.

Donc, aux environs de la villa de Nicole, trois ou quatre alarmes domestiques ont dû se déclencher en même temps, sirènes plus ou moins vite interrompues. Sans y prendre garde, une grande brosse à cheveux rouge à la main, Nicole regarde le paysage léger : va-et-vient blanc des voiles, des mouettes sur les deux grands fonds bleus dominants, soleil vibrant, collines d'ocre et de craie, Mexichrome, couleurs naturelles et droits réservés. Nicole à peine levée ne porte sur elle qu'un grand carré d'étoffe à gros hortensias parme et pétrole, noué devant. Se brosse machinalement, longtemps, recueille les cheveux restés entre les crins puis les dispose, au bord d'un géranium, à l'usage des oiseaux qui s'en serviront pour bâtir leurs abris — arme idéale pour leur béton, le cheveu, liant sans égal pour nidifier. A gauche du paysage léger, Nicole regarde les tours d'habitation dressées au pied des collines, le chantier de construction d'une dernière tour à droite.

61

Deux grues dominent ce chantier, une jaune avec un drapeau rouge, une verte avec un drapeau vert, tournées l'une vers l'autre en duellistes. L'une après l'autre se penchent vers le chantier comme deux grands éponymes échassiers buvant chacun son tour au même point d'eau, puis observent de longues pauses quand les fourmis d'en bas n'ont plus besoin d'elles, recourant aux services d'une taupe excavatrice ou d'un lombric foreur. Frappé d'un sigle d'entreprise, chaque drapeau est fixé en poupe de l'appareil de levage, au-dessus du contrepoids de la flèche, loin derrière la cabine du grutier qui s'ennuie quelquefois pendant les pauses, entre deux translations de charges. Aussi dispose-t-il, ce grutier, d'un petit attirail distractif, de quoi tenir le coup : fortes jumelles et petit transistor calé sur Radio Monte-Carlo, talkie-walkie par quoi le chef des fourmis donne ses instructions, canettes et casse-croûte emballé dans la presse du matin. Dans ses moments perdus, par le talkie-walkie, affichant à l'endroit des rampants un dédain de pilote de chasse, le grutier commente avec l'autre grutier les potins syndicaux du chantier. Mais l'intérêt majeur est bien sûr le spectacle des tours proches, tout ce qu'on peut voir par leurs fenêtres, dizaines de petits écrans débordant de feuilletons familiaux, documentaires sociaux, programmes culinaires, sitcoms domestiques et séries érotiques dont les grutiers se repaissent tout spécialement. Se signalant l'un l'autre obligeamment, tour 4 étage 12 fenêtre 6, telle plaisante variété d'accouplement, les puissantes jumelles aussitôt trouvent leur utilité. Nicole à peu près nue sur sa terrasse, les jumelles l'ont tout de suite repérée.

Appuyée contre la balustrade, Nicole décortique la bande-son, identifie les bruits proches et lointains, un par un. Appels de mouettes mélancoliques, gargarismes de pigeons démarqués, piaillements de moineaux de plus petite cylindrée, hyménoptères en train de vrombir dans le seringa. Fil d'un 747 en vol vers l'horizon meilleur, grésillement du trafic sur la route de corniche. Exclamations d'un type en bas de la rue qui en aide un autre à garer son fourgon. Puis, derrière elle, Nicole perçoit la plainte d'un lavabo dans la villa, le déclic d'une porte ouverte, le grelot du rideau qui sépare la terrasse du living. Bill, je suppose. Nicole ne se retourne pas.

Il approche d'elle, il est le plus près possible, ses mains se promènent parmi les hortensias. D'un minuscule tour de passe-passe, il a dénoué le carré d'étoffe et les fleurs dégringolent en se froissant. Au loin les grues s'immobilisent tout net, dans les talkies-walkies des cris de bonheur saluent la chute des hortensias, les molettes des jumelles tournent sur elles-mêmes à toute allure, courent fiévreusement après la mise au point. L'excitation touche à son apogée dans les cabines qui cherchent le meilleur angle d'observation, les moteurs grondent par brefs à-coups nerveux, Bill commence lui aussi de gronder sourdement derrière Nicole. Puis on dirait que surgissent d'autres grondements profonds, mais d'où surgissent-ils donc, d'où provient celui-ci, bien plus profond que les autres au moment même où Nicole vient de perdre l'équilibre, avant de basculer irrésistiblement. Bill derrière elle bascule aussi, d'abord lentement, comme sur la table glissent en douceur les verres, les cendriers, les tasses de café qui tombent ensuite et viennent exploser à leurs pieds, comme tout paraît maintenant se briser à l'intérieur de la villa, tout se met à danser dans le fracas. Ça y est, c'est la réplique, c'est arrivé, ça se remet à trembler, mais cette fois pour de bon.

Pendant sa chute au ralenti, Nicole a le temps d'enregistrer que le rideau du living n'est plus à plomb, puis que la façade entière de la villa se fissure de lézardes rapides, instantanées, vives comme des plumes en train d'écrire l'apocalypse à toute allure, sous le rugissement des profondeurs, tonnerre à contresens de plus en plus violent. Au loin, dans la ville entière, un concert d'alarmes s'est encore déclenché, toutes variétés de sirènes superposées, confondues, trilles suraiguës, jus de klaxon aigre, oui

oui plaintifs répétitifs, cucarachas couinées — mutinerie spontanée du parc automobile, aussi peu prévisible qu'une émeute de veaux.

Esquivant la chute d'une première poutrelle, Bill n'ayant pas lâché Nicole l'entraîne vers l'escalier de la terrasse, qu'ils dévalent jusqu'à la route, s'éloignant de la villa prête à se disloquer, entre pins frémissants, pylônes sinusoïdes près de se rompre. Rejoignant un petit dégagement en marge du chemin, parking à ciel ouvert où rien ne risque de leur tomber dessus, ils se jettent sur le sol, s'accrochent à la terre agitée sans voir, non loin, les grues qui vont s'abattre sur le chantier, sans percevoir les cris de terreur qui saturent les talkies-walkies.

Il était d'un bleu vif, le ciel qui est absolument blanc maintenant, d'un blanc mat mais plus aveuglant que le soleil disparu, lividité striée d'éclairs, de longues déchirures vif-argent, zébrées, rageuses, au-dessus du sol qui se déchire en même temps, se fend de mille crevasses comme si deux miroirs explosaient face à face. Sous elle, contre son ventre, Nicole sent passer une des ondes de choc creusant le fond, grosse bête souterraine affolée forant son terrier, contraction d'un énorme intestin dilaté. Aussitôt après, l'onde secoue la villa, bris de vitres et suicide collectif de la vaisselle, derniers claquements de portes avant la casse totale. La maison soubresaute sur elle-même et se rassoit un peu de travers, puis l'onde poursuit son chemin vers l'est, bouscule, renverse toute chose sur son passage, droit vers les tours alignées au pied des collines.

Tout de suite une première tour éclate puis les suivantes s'effondrent, l'une s'enfonce dans la terre jusqu'à la garde quand une autre, expulsée du sol, décolle avant de se disloquer de biais ; les trois dernières tombent l'une sur l'autre en dominos. Et sur la ligne de basse des rugissements sismiques s'élèvent des chœurs de cris, le crépitement vorace des premiers incendies, les piailleries des sirènes et le contrepoint des cloches de la Major et de Saint-Victor, des Réformés, de Notre-Dame-du-Mont-Carmel, sonnaille ivre morte qui ne respecte plus rien, l'angélus ni le tocsin, qui emmêle vêpres et matines avant qu'à leur tour, suivant la propagation de l'onde, l'un après l'autre se renversent les clochers. Et notez bien que depuis que les choses ont commencé de trembler, neuf secondes seulement se sont écoulées. Notez.

10

Puis souvenez-vous que la détresse, l'effroi déforment notre conscience de la durée, que l'affolement ralentit le temps. Imaginez l'ambiance dans la cabine de l'ascenseur. Après la fermeture des portes, à force de fixer Mercedes, Meyer venait de finir par lui arracher un signe fugitif de reconnaissance, hochement machinal et sourire mécanique, politesse promiscue qui régit également les relations, sans condiment, des tranches de rosbif serrées dans un Tupperware au frigo. Meyer n'avait pas insisté. Cela juste après que l'ascenseur eut démarré, indifférent à la première secousse trop faible, juste avant que la seconde vînt couper son élan, violemment; cette fois, tout le monde s'était mis à trembler.

Tout le centre commercial avait frémi sous la réplique, depuis le mortier coffré des fondations jusqu'aux plus fines terminaisons nerveuses. Sa masse équilibrée ne subirait pas de trop grave dégât, mais le choc avait quand même dû rompre certains circuits puisque aussitôt la cabine s'immobilisait entre deux étages, plongée dans le noir au même instant. Silence. Sans doute alimentée distinctement, seule persiste à bas bruit la musique d'ambiance, monologue intérieur de violons informes et sueurs de synthétiseur.

Passé cette brève sidération suivie d'exclamations éparses, de questions simples, de briquets qui s'allument, plusieurs doigts se pressent vers le bouton rouge de détresse. Des impressions s'échangent, tout le monde a bien perçu le bourdonnement selon les uns, le craquement selon les autres qui a précédé l'arrêt de la cabine. Les uns se persuadent que c'est bénin, mais une quantité croissante d'autres se sent très vite coincée, enterrée vive dans le même sarcophage où le temps ralentit de plus en plus. Un instant, près d'une flamme de Zippo, Meyer distingue le profil calme de Mercedes. Un enfant pleure derrière lui puis une première femme envisage de gémir, cela se met à sangloter au fond à droite, tout près de Meyer un homme commence de répéter doucement Gérard, Gérard, Gérard, Gérard, Gérard, très vite c'est intenable et rien ne pourrait sans doute les arrêter si la troisième secousse, incomparable aux précédentes, ne se déclenchait alors.

Maintenant, c'est toute la ville qui va trembler.

Des profondeurs de ses quartiers s'élèvent divers vacarmes, des roulements de ferrailles écrasées sous la Pomme, au-dessous de la Rose des infrasons de cyclopes, et dans les entrailles du Merlan paraît défiler une charge de tanks lancés sur du pavé, toute leur artillerie déflagrant en même temps. Partout cela claque et craque comme quand ça va vraiment bouger, le ciel hoquette quelques arpèges de mur du son. Et durant de brèves pauses dans le fracas des rombos, retumbos, bramidos, déjà s'élèvent toutes les clameurs d'affliction, les plaintes et les cris de terreur : pas de requiem sans une solide section de chœurs.

Ce sera de l'est, en force, que va revenir l'onde de choc, grosse vague souterraine droit sur le centre-ville, toboggan vivant qui soulève au passage les espaces verts et les avenues, les monuments, les bâtiments. Certains de ces bâtiments sont assez âgés, les boules de cuivre bondissent en bilboquet sur leurs vieilles rampes d'escalier ; la vague passée, parfois ces bâtiments s'écroulent. Parfois ils s'écroulent par pâtés entiers. Parfois, retenus par un voisin, ils demeurent inclinés, penchés comme un homme qui vomit en perte d'équilibre, et se vidant en effet par tous leurs orifices de leur contenu d'objets et de personnes éperdues. Les constructions récentes résistent mieux. Quoique même le centre commercial, pourtant construit suivant les normes parasismiques, essuie de sérieux dommages nerveux. Court-circuit général. Fractures d'arrivées d'eau, de conduites de gaz. Rupture des câbles de l'ascenseur : dans un éclair d'apesanteur, parmi les cris et les proférations, les noms de dieux qu'on implore et qu'on invoque en vain, la cabine tombe aspirée dans le noir vers le centre de la terre, ses occupants s'emmêlent et leur chute est sans fin.

Maintenant cela tremble un peu partout, les escaliers de la gare ondulent comme un drap secoué par la fenêtre, leurs cent marches se déversent l'une sur l'autre et déferlent, rapide charriant des têtes de pierre et des trophées de bronze, des groupes d'angelots rebondissants. Les palmiers, de part et d'autre, ondulent plus qu'ils n'avaient jamais osé le souhaiter pendant que la haute allégorie de la ville, place Castellane, commence de se fendre longitudinalement. Une schize naît sur sa tête couronnée, vive coupure qui se propage et qui divise son front puis disjoint ses épaules, ses seins, sépare les emblèmes blottis dans ses bras. Elle gagne la base de la colonne où la fontaine crachote un liquide pourpre et convulsif. Puis se tordant sur lui-même à son tour ce monument croule, s'abat sur les banques et les bars autour de la place.

Très vite, partout, fuyant les domiciles qui ne

70

garantissent plus rien, toute une foule s'est retrouvée dans la rue sous une chaude pluie d'éclats de verre et de béton, de ferraille, de pierre de taille et de pots de fleurs. D'abord on a reflué dans les maisons, on est ressorti quand ça s'est un peu calmé. Aveugles dans la poussière, on s'agite en tous sens, puis une majorité paraît choisir de gagner le bord de la mer. Scènes de foule. On se bouscule sans méthode vers le port, on a tous à peu près le même regard mais on n'est pas tous entièrement habillés, certains serrent contre eux quelque objet sauvé de justesse, imprévisible objet qui est leur passeport autant que leur fox-terrier. Qui peut être une sacoche, un plateau, une ombrelle dans une couverture, un listing d'ordinateur, l'édition de poche d'un roman d'Annabel Buffet. Un supplément de panique gagne la foule en marche lorsque la basilique se décapsule, sa coupole expulsée s'éparpillant sur la Sécurité sociale de la rue Jules-Moulet. Plans généraux de foule affolée, plan moyen de Cynthia courant dans la foule : on voit Cynthia passer devant un tramway 68 qui a versé sur son flanc boulevard Chave, on ne voit pas le jeune homme râblé qui est parti hier soir avec elle. Contre-champ sur la mer qui incarne en pareil cas le refuge, la sécurité. La mer garde son calme au chevet des tremblements de terre, et puis surtout rien n'est construit dessus, rien ne peut s'y démolir, nul débris

71

n'y risque de vous casser le crâne. Croient-ils, ces innocents.

Plusieurs fissures se sont ouvertes à l'est du Vieux-Port, crevasses arborescentes au beau milieu de la rue, certaines exsudent une matière chaude et noire ou seulement des vapeurs chaudes et noires. Des colonies d'insectes en sortent, un long reptile ou deux, cela sent le chlore et l'éther, le soufre et les gaz rares, non loin déjà traînent quelques rats. Si quelques-unes de ces crevasses, pas plus larges qu'un fossé, vont demeurer béantes après la catastrophe, d'autres beaucoup plus vastes se sont aussitôt refermées, engloutissant les hommes avec les animaux, les serrant à l'état de futurs fossiles qu'on s'arrachera, dans cinq mille ans, pour des sommes inespérées de leur vivant.

Mais pour l'instant, pendant que Marseille tremblait, c'est toute une partie de son socle sous-marin, au loin, qui vient de s'incliner. Brusquement le fond de la mer s'est abaissé. Naturellement ce phénomène provoque un violent appel d'eau : voici qu'à l'horizon paraît une vague. Fuyant le centre-ville et ses pots de fleurs tueurs, les premiers arrivés sur le port la voient tout de suite au loin, cette vague. Ils la trouvent assez grande. Ils trouvent qu'elle avance un peu vite.

Elle est un mur haut comme un gros immeuble, profond comme trois immeubles et long comme deux

cents, rué vers la côte à la vitesse d'une locomotive
en bousculant et propulsant loin au-dessus de lui,
entrechoqués, toutes les barques de pêche et les
bateaux de plaisance sur son passage. Voltigent les
Solange-IV et les Marie-Martine, adieu Cephalonic,
bye bye Double Nelson, leurs ancres au bout de leurs
chaînes décrivent des moulinets dans l'air, les coques
explosent et les mâts se brisent avant de retomber
disloqués sur le monstre, qui les ravale incontinent.
Du bout de sa crête, à travers l'air, le raz de marée
vient même d'expédier un petit pétrolier jusqu'à la
zone industrielle, sur une aire de stockage de gaz,
avant de s'abattre sur le port, d'écraser le port et bien
au-delà de lui, submergeant tout jusqu'à la gare,
venant se vautrer à mi-hauteur des escaliers pulvéri-
sés. Le stock de gaz prend feu, puis la vague se retire.

Elle ne va pas se retirer tout de suite : le monstre
aime bien, d'abord, piétiner complètement l'adver-
saire, s'attarder sur sa proie, coups de pied à joueur
au sol, l'étouffer un peu plus et l'achever. Puis la
vague abandonne sans se presser toutes choses sans
forme et corps sans vie, elle se retire en traînant les
pieds, prend tout son temps pour découvrir l'étendue des dégâts, lentement comme se laisse dévoiler
une statue, se déshabille une strip-teaseuse pares-
seuse. Ayant profondément fouillé la mer au large,
son ressac oublie sur les toits, les balcons, les corni-

ches, des poissons inconnus des pêcheurs, géants aveugles ou nains de mille mètres de fond. Il se trouve même quelques lots de poulpes, juchés où jusqu'alors ne régnaient que les mouettes dont les corps foudroyés surnagent, symétriquement, entre deux eaux. Le ressac bouillonne encore un moment, puis le silence s'installe avant les premiers secours.

11

— Suivez-moi, dit Meyer.

Au terme de sa chute aveugle après la troisième secousse, l'ascenseur s'était immobilisé à son point de départ, brutalement au niveau 0. Deux sexes, trois âges et quatre ou cinq couleurs de peau s'entremêlaient alors dans la cabine obscure, criant de frayeur comme au scenic railway. Il fallut un moment pour qu'on se dénouât, qu'on se redressât en se frictionnant avant d'envisager de sortir de là.

Faute de courant, la porte restait immobile au lieu de s'ouvrir automatiquement. Un des premiers hommes relevés l'avait examinée à la lueur de son briquet à essence. La flamme noirâtre, malodorante, se reflétait en flou dans ses battants de métal brossé, séparés par un galon de caoutchouc noir épais qu'un autre homme, possesseur d'un couteau pliant, entreprenait aussitôt de forcer. Introduisant sa lame dans l'interstice, il avait commencé de fourrager dedans

75

comme on essaie d'ouvrir une huître, cherchant à rompre en tâtonnant le muscle de cette porte. Après le contrepoint de clameurs qui avait salué la chute de l'ascenseur, un silence radical y régnait à présent, un recueillement de cabinet dentaire concentré sur les petits grattements de davier. Chacun scrutait l'homme au couteau, accroupi contre l'homme au briquet.

Opinel et Zippo durent isoler puis sectionner le muscle idoine, le nerf approprié, puisque avec un léger déclic mat les battants s'étaient débloqués. Mais sans jouer entièrement, sans se retirer : seulement assouplis, ils ne ménageaient qu'une étroite ouverture par où passait un peu d'air gris foncé sentant le film brûlé. Aussitôt massés près de la porte, les hommes et quelques femmes s'étaient acharnés dessus, tirant de part et d'autre en jurant et grognant sourdement, forçant les battants pour dégager le passage. Dès qu'ils avaient cédé, Meyer vit Zippo suivi d'Opinel se ruer vers l'extérieur pour s'immobiliser, d'abord, au seuil de la cabine, reculer même d'un pas sur un tapis de débris, puis repartir dans l'ombre plus lentement, somnambules prudents.

Plus âme qui vive dehors, plus un néon. Sans se refléter dans les miroirs brisés, des blocs de jour se dessinaient au loin, vers les entrées du centre commercial, permettant à peine de se repérer, marquant les seuils des boutiques désertées. Un début d'incendie, spontanément éteint, s'était emparé d'un proche stand d'articles photographiques, quelques points rouges couraient encore le long des pellicules déroulées. L'un après l'autre on sortait de l'ascenseur, en trébuchant d'abord sur un bazar d'objets brisés, on s'éloignait ensuite vers ce vague jour dans le fond. Meyer ayant franchi la porte parmi les premiers ne suivit pas ce mouvement, demeura près de la porte, surveillant la sortie. Dès que Mercedes parut, il prit son bras. Suivez-moi, lui dit-il.

A l'extérieur du centre commercial, on n'y verrait guère mieux : on entrait maintenant dans un nuage très opaque, très épais, tassé sur lui-même, fusion de particules compactes et de fumée, de poussière de béton que seules respirent les blattes et qui masquait toute chose au-delà de soixante centimètres : on croyait sortir à l'air libre, on entrait dans un sac de ciment. Les rescapés de l'ascenseur poussaient la porte avant de refluer vers l'intérieur, précipitamment. Sans lâcher le bras de Mercedes, Meyer recula vers les premières boutiques. Passant un pied dans les vitrines, il rafla sur un présentoir deux paires de lunettes noires, quelques foulards sans choisir la couleur avant de s'envelopper la tête comme un bédouin, montrant à Mercedes comment font les bédouins. Puis juste avant de sortir du centre commercial, se posant un doigt sur le sternum, il se tourna vers elle en disant : Louis. Un petit sourire, peut-être, derrière les lunettes noires, mais pas de prénom sous les foulards. Bon, très bien, conservons Mercedes. Allons-y.

Mais dehors, marcher dans ce brouillard était un tel effort, c'était comme avancer dans un marais. Meyer ne comprit qu'au bout de cinquante mètres, alors qu'il essayait d'apercevoir ses pieds, qu'en effet c'était un marais. En se retirant, la vague géante avait laissé sur son passage une boue sirupeuse, un gros mortier collant nourri de tessons dans lequel on plongeait jusqu'au-dessus des chevilles et qui semblait se déplacer encore, lentement, vers le nouveau niveau de la mer. Meyer progressait, d'abord sans aucun repère et tenant fermement Mercedes par le poignet. Alors qu'il se tournait vers elle, la distinguant à peine au bout de son bras, il manqua heurter une première voiture renversée, son toit plongé dans la vase jusqu'aux rétroviseurs, ses roues boueuses dressées dans la suie.

Comme il fallait un but, comme d'habitude, Meyer avait décidé de s'éloigner de la mer, sans être entièrement sûr du bien-fondé de ce choix, ni même entièrement sûr d'aller vraiment dans ce sens — en plus qu'on n'y voit rien, c'est aussi qu'il ne connaît pas très bien Marseille, Meyer. Il prit le parti de se repérer sur l'arête d'un trottoir, au fond du marécage, tâchant de suivre cette arête plus ou moins. Puis le nuage sembla se diluer un peu, de plus en plus de voitures bouleversées se distinguaient alentour, tortues asphyxiées parfois l'une sur l'autre, sans qu'on pût deviner la présence de quelqu'un derrière leurs vitres maculées. Meyer et Mercedes aperçurent aussi, plus nettement, quelques immeubles debout sur leur gauche, quelques façades où des balcons pendaient par un fil de fer forgé. Se dessinaient au loin des silhouettes d'isolés, de petits groupes errants comme eux, mais tellement indistincts qu'improbables, l'idée de les rejoindre ne vint pas à Meyer. Il avançait toujours en guidant Mercedes, en continuant de la tenir, à présent par la main, l'auto-radio dans l'autre main ; il lui parut qu'ils marchèrent près d'une heure avant de sortir du nuage en s'éloignant du port. Puis le ciel fut enfin visible, toujours extrêmement blanc, toujours traversé de petits éclairs — mais affaiblis, moins aveuglants, d'ailleurs très jolis, de l'argent vers le jaune et le mauve ou le rose, suivis de fracas de plus en plus lointains. Il semblait qu'on pût respirer. Otant son masque de méhariste, Meyer considéra l'étendue des dégâts.

Jusqu'à hauteur des Réformés, tout le bas de la ville était encore plongé dans la poussière et dans la boue, dans un silence hébété de couvre-feu, de cessez-le-feu. Paix lourde, chimique, postopératoire et pire qu'un dimanche, amplifiée par des pleurs çà et là, des plaintes, quelques appels mais somme toute pas tant que ça. Des silhouettes lentes et muettes continuaient de sortir du nuage, rejoignant les quartiers indemnes. D'ici l'on ne voyait pas la mer. Qu'est-ce qu'on fait ? demanda Meyer. Depuis leur évasion de l'ascenseur, ils n'avaient pas échangé plus de six mots. Je crois que vous pouvez lâcher ma main, maintenant, répondit Mercedes. Pardon, oui, dit Meyer en ouvrant aussitôt ses doigts, mais qu'est-ce qu'on va faire ? On rentre à Paris, dit la jeune femme en se retournant. Puis s'éloignant déjà.

Meyer était assez d'accord. Mais pressant le pas pour la rejoindre il lui représenta que la catastrophe avait dû perturber, pas qu'un peu, les transports en commun, qu'on ne pouvait fuir ainsi sans véhicule. De sa propre voiture, sûrement détruite comme les autres, ne restaient que les clefs dans sa poche et cet autoradio, toujours là, couvert de taches au bout de son bras, je ne sais même pas pourquoi je le garde. En l'absence de réponse, on continua de marcher vers le nord.

On s'éloignait de l'épicentre du séisme, on traversait des quartiers préservés. Meyer entendit, de loin, les premiers véhicules de secours. Dans une rue marchande avant Saint-Barnabé, pas mal de monde sorti des boutiques, des bureaux, des bars, arrêté sur les trottoirs, pas mal de monde aux fenêtres observait un même point de l'horizon. Commentaires à voix basse adressés entre proches ou pour soi seul, sans se regarder, scrutant ce point comme on suit le corbillard. Cette rue s'achevait en place carrée contenant un quart de square avec son jet d'eau, à gauche un grand garage Total concessionnaire de General Motors, à droite une terrasse de café. Alors qu'on longeait le square, le jet d'eau se mit à rougir, tousser, noircir en suffoquant des incongruités de siphon, tarir enfin dans un râle de portière d'autobus. J'ai soif, dit Mercedes.

Elle n'avait rien exprimé jusque-là, rien livré de soi, rien laissé paraître, traversant la catastrophe sans un mot de commentaire, visage fermé, aussi distante et détachée que sur l'autoroute quand elle téléphonait de sa voiture en feu, la veille. La veille ? se répéta Meyer. Voyons. Récapitulons. Eh oui, hier. Curieux. Ça paraissait plus loin. Moi aussi, dit-il, j'ai un petit peu soif.

La jeune femme choisit un fauteuil au bout de la terrasse, auprès d'un platane. Un serveur approcha sans se presser, qui regardait le ciel barré d'une colonne brune au-dessus de l'aire de stockage de gaz, au loin. Mercedes lui demanda de l'eau minérale et s'il serait possible de téléphoner, avant de gagner l'intérieur du bar d'où s'échappaient des variétés parasitées.

— Un blanc sec, décida Meyer.

Le garçon ne s'en fut pas tout de suite, continuant de regarder au loin, pendant que Meyer examinait le tronc du platane gravé d'initiales boursouflées, de cœurs cicatriciels : comme sur un corps malade perfusé, sparadrapé, des notes ronéotées ou manuscrites étaient scotchées à même l'écorce, punaisées dans le bois vif, recherche d'heures de ménage ou d'un chien roux perdu, horaires des cars ou prestation d'un groupe de rock and roll local, jeudi prochain, en direct de la salle polyvalente. Mercedes reparut bientôt, déplorant le goût pétrochimique de l'eau minérale et que le téléphone fût en dérangement : certainement surchargé, peut-être endommagé, le réseau refusait tout appel vers Paris. Puis ayant extrait un petit miroir de son sac à main, s'y étant jeté un coup d'œil d'étrangère, le claquement sec du fermoir devait exprimer le signal du départ : Meyer chercha de l'argent dans ses poches.

Comme il entrait dans le bar pour aller payer, les variétés s'interrompirent, dissipées par le gong d'un flash d'informations. Marseille, dit une voix pressée, tremblement de terre important. On n'évaluait pas encore bien la gravité du phénomène mais le bilan, d'ores et déjà, s'annonçait lourd. Une première synthèse dans notre édition de seize heures, mais j'appelle tout de suite notre correspondant permanent sur place. Meyer empocha sa monnaie. Oui, Jean-Luc, en effet, je me trouve actuellement cours Belsunce, et ce que j'ai sous les yeux ne peut pas se décrire. On ne peut pas le décrire. On ne peut pas. Pourtant, je vais essayer.

Sans attendre, Mercedes s'était dirigée vers le garage Total cependant qu'éveillées par le flash toutes les radios à fond se chevauchaient maintenant par les fenêtres ouvertes, s'échappaient en tous sens des appartements, les téléphones acides tirant des traits de scie obliques. Meyer à son tour traversa la place. Bien que leurs tuyaux fussent fixés aux pompes et que des cliquetis d'outils provinssent de l'atelier, le garage avait l'air fermé. La jeune femme arrêtée devant la grande vitrine étudiait les modèles exposés, berline sang de bœuf, break paille, petit coupé décapotable automatique citron. Autant de voitures autant de choix de vie, se dit Meyer, qu'est-ce qu'elle va préférer ?

A l'homme très brun dans la cabine de verre, pilosité serrée sous le bleu ouvert jusqu'au plexus, mains toutes noires essuyées dans une étoffe plus noire, Mercedes fit savoir qu'elle désirait acheter une de ces voitures pendant que dans le transistor posé sur le bureau se poursuivait le récit de notre correspondant permanent sur place : les premiers secours commençaient de s'organiser dans une situation, Jean-Luc, qui est je vous le rappelle encore extrêmement confuse. Laquelle, demanda l'homme en baissant le son. La petite jaune, dit la jeune femme. Toujours très calme en apparence, Meyer intérieurement s'enthousiasmait, sourit peut-être un peu trop quand Mercedes lui eut tendu les clefs. Chèque signé, portières claquées, il emboîta l'autoradio dans son logement sous le cendrier, puis aussitôt après le coupé décapoté cinglait vers le nord à travers la banlieue.

Meyer aurait voulu tout de suite rejoindre l'autoroute, mais d'abord il ne sut retrouver la bretelle, puis l'édition de seize heures lui enseigna que c'était impraticable : la pénétrante avait subi de sérieux dégâts, sa partie suspendue effondrée aux deux tiers. Le tunnel qui la prolongeait au-dessous du port n'avait pas résisté non plus, démembré puis envahi par l'eau. Plus au nord, au-delà de la gare, la surface autoroutière était ondulée par arcs successifs, de plus en plus aigus vers l'épicentre — les sommets des arcs les plus proches avaient même éclaté, brisés par l'onde de choc, et leurs tronçons montraient à nu, en coupe, leurs strates de sable et de béton, de bitume et d'enrobés drainants. Toute circulation étant im-

possible avant l'embranchement d'Aix, Meyer improvisa longuement parmi les petites routes, à nouveau la banlieue, la campagne — grands arbres et
maisons jaunes, arpents cultivés, vergers. La nature
bientôt revenue, calmement poursuivie, n'avait pas
l'air au courant du tremblement de terre, étrangère
à la catastrophe. Rien n'eût semblé s'être passé sans
le correspondant sur place qui tenait un compte
précis de l'avancement des secours, l'effort de la
Croix-Rouge, le recours à l'armée, le déploiement du
plan Orsec et les rumeurs de bandes pillardes spontanément organisées. L'événement occupait toutes
les stations nationales, et les périphériques aussi ne
parlaient que de ça ; Meyer finit par couper la radio.

12

Connaissant le ciel comme je le connais, j'aurais dû me douter que ça se gâterait. Ces vilaines rougeurs vers le sud depuis le début de la semaine, irritations locales sur fond trop blême, tout cela ne présageait rien de bon. Puis c'était arrivé, la terre avait tremblé, sur toutes les chaînes il n'était plus question que de ça. J'éteignis la télévision.

Je repassai sur la terrasse, inspectai les hauteurs, le ciel avait repris de bonnes couleurs, j'en revins. Histoire de me divertir un peu, je réveillai Titov qui ouvrit un œil innocent, un autre œil interrogatif, sûrement pas très content d'être soustrait à son sommeil mais prenant soin de n'en rien laisser voir. Chère créature. Je lui fis signe de s'activer un peu et désignai la porte-fenêtre. Il s'ébroua, haussant les épaules, puis franchit le seuil de sa cage. Je respirai son parfum lorsqu'il passa devant moi, lentement, l'air bravement résigné comme on part au travail. Il m'énervait, d'un coup. Comme je lui signifiais d'un geste d'accélérer le pas, sans se retourner il fit un autre geste qui voulait dire ça va, ça va. Je le regardai s'engager sur la terrasse d'où, certes, il aurait pu sans mal gagner les toits avoisinants, mais je ne m'inquiétai pas. Je connais mon Titov, il ne s'enfuira pas. Parvenu au bout de la terrasse je le vis se pencher vers la rue puis lever son regard au ciel, et respirer à fond. Cligner des yeux. Secouer la tête. Renifler. Titov. Mon agacement, soudain, se dissipait. Je me sentis plein d'affection pour lui : allez, rentre, lui dis-je, retourne te coucher. Je n'eus pas à le répéter.

J'appelais ensuite Lucie à son bureau. Toujours pas là, me dit sa secrétaire. Dommage. J'aurais encore trouvé moyen, l'air de rien, de me déclarer. Vous avez eu Blondel ? aurais-je par exemple demandé. Il semblerait que ça marche, aurait-elle répondu, il m'a l'air dans tous ses états. Rien n'est encore signé mais il veut qu'on se tienne prêt. Pour vous, Lucie, lui aurais-je alors dit, profondément dit, je serai toujours prêt — quoique j'eusse tâché de procéder un peu plus adroitement, plus allusivement, moins frontalement, bref. Vous me faites rire, aurait-elle ri de toute façon, vous savez bien que je suis une femme très surveillée. D'ailleurs je crois qu'on sonne chez vous.

On venait en effet de sonner bien que je n'attendisse personne. Je vais vous laisser, aurait dit Lucie, ce doit être une de vos amies. J'aurais protesté, je l'aurais entendu sourire avant de raccrocher. J'allai ouvrir : Max. Tu pourrais prévenir, dis-je.

Max avait à nouveau raccourci sa barbe. Mieux tournent ses affaires, moins il se cache dessous. Milan, Cologne, Houston, Tokyo : chaque exposition de quelque importance lui fait resserrer d'un cran la grille de sa tondeuse. Il m'apportait le catalogue de sa rétrospective d'Oslo, content d'avoir vendu aux Japonais toutes les pièces exposées chez Pontarlier. Même moi ? demandai-je. Oui. Même toi. Un gros assureur d'Osaka. Et où en es-tu ? Toujours le chômage technique ? Plus pour longtemps, j'espère, lui répondis-je. On dirait que ça se décoince. Qu'est-ce que tu bois ?

Max parti, j'ai repris place à bord du home-trainer. Abdominaux, abdominaux, puis Jacqueline arrive comme convenu vers cinq heures. Comme d'habitude elle pose son sac sur le fauteuil puis va s'asseoir sur le divan. Je lui apporte une tasse de thé, je m'assieds près d'elle et d'abord je la prends dans mes bras.

Mais je ne suis pas entièrement à ce que je fais, je sais que Blondel ne va pas tarder à se manifester. Sûrement au moment le moins approprié. Je vois d'ici comment ça va se passer. Il va vouloir me faire part de sa dernière idée. Par exemple il va me demander si je me souviens du sénateur E.J. Garn ? sur Discovery ? en avril 1985 ? Pas tout à fait, lui répondrai-je. Ils l'avaient bombardé spécialiste de la charge utile, me rappellera-t-il. Vous imaginez ce que ça voulait dire pour le pauvre type. Cobaye sur tout le biomédical et le paramédical. Bon, dirai-je, et alors ? Alors on va faire pareil avec le civil. Génial, dirai-je, c'est une idée géniale. Ce n'est pas moi qu'il faut féliciter, fera-t-il modestement, c'est Vuarcheix qui a trouvé l'idée. Au fait, vous n'avez pas oublié de me préparer le relais sur Hawaï ? Vous avez trouvé quelque chose ? Un petit truc auquel j'ai pensé, répondrai-je, une petite idée de show. Je lui exposerai mon petit scénario. Vraiment bien, s'enthousiasmera-t-il, vraiment vraiment bien. L'idée des instruments à cordes est vraiment très bien.

Et ça ne rate pas. Un quart d'heure après, Jacqueline et moi sommes allongés, très embrassés, à présent pas mal échauffés. Juste alors que je m'apprête à la pénétrer : sonnerie du téléphone. Je décroche aussitôt.

13

Silence dans le coupé citron. Meyer avait essayé de rengager, deux ou trois fois, l'amorce d'une conversation ; Mercedes ne le suivrait toujours pas.

Juste un acquiescement dissuasif, toujours les deux mêmes syllabes sans issue : le genre de fille qui se tait quand vous sortez du cinéma. Le genre qui trouve un peu vulgaire de commenter les films à chaud, spécialement les films-catastrophes qu'elle trouve terriblement vulgaires aussi, de toute façon. Meyer finit par laisser tomber. Sur l'autoroute rejointe après l'étang de Berre, bientôt ils croisèrent l'arrivée des renforts, colonne à petite vitesse de camions militaires, pleins phares en plein jour, encadrés par des jeeps aux longues antennes courbes. Puis, vers Montélimar, le temps s'était couvert. Après qu'il se fut mit à pleuvoir, Meyer ayant stoppé le coupé pour le recapoter, le va-et-vient des essuie-glaces monopolisait le son, il commença de trouver le temps long. Pas de demi-mesure dans la vie de cet homme, c'est tout émotion forte ou tout ennui.

Mal en patience, regarder le paysage, compter les kilomètres faits, les kilomètres à faire. Poursuivre cette liste des deux cent cinquante lits où Meyer a dormi, dresser ensuite celle des femmes qu'il a eues, calculer à présent l'intersection de ces ensembles ; plus compliqué qu'il y paraît. Lire les immatriculations des voitures dépassées. S'inquiéter pour sa propre voiture, s'interroger sur l'assurance de cette voiture, sur l'existence ou pas d'une clause dégâts naturels dans le contrat. S'inquiéter pour Nicole et Marion, pour Cynthia, pour Elizabeth Frise et son métreur au milieu du dégât naturel. Se reprocher de s'être inquiété d'abord pour sa voiture.

Ce ressassant, de temps en temps, Meyer jetait des coups d'œil latéraux sur Mercedes, droite et regardant droit devant elle s'ouvrir l'autoroute. A deux reprises il vit ses lèvres s'agiter légèrement, houle à peine perceptible sous l'effet d'une rafale de pensée, d'une idée sirocco. Vers Valence elle parut chercher quelque chose dans son sac, ou procéder à l'inventaire du sac : objets conçus pour forcer le cours des choses — spray de gaz lacrymogène, pilules anticonceptionnelles — ou l'apparence des choses — rouge à lèvres, lunettes noires, glass over. Toujours un peu troublé, Meyer, quand il aperçoit des pilules dans le sac à main d'une inconnue. Intimidé comme un jeune homme. La preuve, il va être au-dessous de tout quand Mercedes, enfin, lui parle. Sans prévenir. Pour une fois qu'elle dit quelque chose :

— Vous avez vu le cheval au fond du champ, là-bas ?

A partir d'un sujet pareil, à l'évidence, les associations foisonnent, les commentaires possibles ne manquent pas. Vous avez déjà la beauté du cheval, la noblesse et la fidélité du cheval, vous avez tout ce qui concerne le cheval au cinéma, dans la peinture, dans la sculpture et dans l'agriculture, vous avez les courses, vous avez les cirques, les guerres, les sociétés fermières et les boucheries hippophagiques, vous avez tout de suite plein de trucs, vous pouvez très vite en trouver plein d'autres, vraiment le cheval est le point de départ idéal pour une conversation, l'incipit en béton.

Mais pris au dépourvu, le temps de comprendre cette phrase pourtant simple, le temps de chercher cet animal dans le paysage, Meyer troublé se montre consternant. Peut-être affolé par cette quantité même de commentaires, à toute vitesse il en cherche un, à toute vitesse il en cherche un. Pour finalement s'entendre dire ah oui, le cheval. Le cheval noir. Mais c'est un peu trop tard et Mercedes ne dit plus rien. Désappointé, Meyer. Et quand l'idée lui vient enfin de raconter sa chute d'un cheval vers quinze seize ans, la seule fois qu'il est monté dessus, c'est beaucoup trop tard, le cheval noir est trop loin derrière et tout compte fait c'est une histoire sans intérêt ; sans compter que c'est un mauvais souvenir. Mécontent de lui, Meyer met fin à l'agonie des essuie-glaces qui râlent depuis combien de temps, au fait, sur le pare-brise absolument sec.

Ralentissements, bouchons parurent à partir de Vienne, pendant qu'en sens inverse défilait sans mollir un flot nouveau de camions militaires neufs, directement éclos des chaînes de montage avec leur lot d'appelés tout frais dedans. Puis les bouchons se coagulèrent en gros embouteillage abruti, résigné, sauce figée en rase campagne, parfois soumis à de brefs à-coups, des soubresauts de trois ou quatre mètres. C'est contrariant mais c'est peut-être encore une occasion de parler, de briller en société : Meyer, ainsi, fit observer que ça n'avançait pas, qu'on avançait plus du tout, et quelle heure était-il donc.

Il connaît bien le trajet, dit-il aussi. Au départ de Marseille, il pensait arriver à Paris vers minuit. Or il n'est plus très loin de sept heures, il reste une heure de jour à peine, qu'est-ce qu'on fait. Je crois que je suis un peu fatiguée, lui répond Mercedes. Et peut-être que j'ai un peu faim, aussi. Elle a dit ça doucement.

Meyer, quand même, pourrait se réjouir quand cette jeune femme supposée froide et close lui propose, tout aussi doucement, de quitter l'autoroute dès que possible et qu'on trouve un endroit pour manger, peut-être pour dormir aussi. Meyer devrait être content. Meyer devrait trouver la vie plus tiède, plus accueillante. Il devrait la trouver plus coulante au lieu de se mettre dans des états pareils et se réciter fébrilement sa chute de cheval, en se demandant si ça vaut vraiment le coup de la raconter. De toute façon même si je la garde, cette histoire, rien n'est réglé, ça ne tient pas tout un dîner. Nul doute que Meyer est très intimidé. Mais je ne m'affole pas. Nous n'y sommes pas. Attendre jusqu'à la prochaine sortie, déjà. Nous avons le temps. Nous n'avançons toujours que par sursauts de quelques mètres.

L'autoroute fuie dès la première bretelle, ils dérivèrent dix kilomètres avant d'atteindre un bled semi-rural du nom d'Eyzin-Pinet, petit bled peinard rangé des voitures au bord d'une veinule départementale, loin des artères congestionnées, loin des thromboses. Nuit tombée, rues désertes à l'heure du dîner, pourtant pas tellement de lumières aux fenêtres. Quatre jeunes à mobylette, un tracteur bleu, puis un hôtel Nègre-Welcome à la sortie d'Eyzin-Pinet. Meyer n'avait jamais cherché une chambre d'hôtel en compagnie d'une femme dans de telles conditions. Il était huit heures moins vingt-cinq.

Ouvert, l'hôtel Nègre-Welcome était vide. De part et d'autre d'un clavier de dents jaunes, les vives pommettes agricultrices de l'hôtelière dénotaient l'alcool sec ou l'air vif ou les deux. Elle essuya de grandes mains osseuses dans son tablier pour leur tendre les clefs de deux chambres non contiguës, celle de Meyer plus petite que l'autre mais équipée d'un téléviseur noir et blanc débranché, posé par terre, l'écran tourné contre le papier peint. On dînerait à huit heures et demie.

Meyer brancha puis retourna le téléviseur qui prit tout son temps pour chauffer, pour tenter de se rappeler comment il fonctionnait, grésillant dans l'odeur de poussière et d'araignée grillées pendant que Meyer se lavait les mains. Savonnette hargneusement parfumée à la rose, très long rinçage pour atténuer cette autre odeur. Puis comme il essuyait ses doigts l'un après l'autre, jetant sur son visage un coup d'œil résigné, soudain le miroir au-dessus du lavabo parut s'embraser.

Eblouissement : tout l'épiderme de Meyer se couvre de sueur glacée, et dans ses veines aussi ne coule plus qu'une eau froide et malpropre. De toutes parts ses forces l'abandonnent, s'enfuient en gémissant, disparaissent au loin. Vertige : plié en deux, le

95

cœur aux abonnés absents, ses mains crochetant le rebord glissant du lavabo, Meyer tombe pesamment sur les genoux — son arcade sourcilière heurtant avec violence, au passage, la faïence.

Grognant, blasphémant à mi-voix, se plaignant comme s'il y avait quelqu'un pour l'écouter, il se traîne ensuite vers le lit, s'y laisse tomber, se relève pour tourner le robinet, prendre une serviette et se rasseoir, voûté, pressant le linge humide sur son arcade en continuant de jurer mais grognant moins. L'une après l'autre, au bout de quelques minutes, ses forces penaudes reviennent en s'excusant maladroitement de leur trahison, bon, de leur défection, reprennent leur place sans se regarder, d'un air gêné. Allons, dit Meyer, ce n'est rien. On va regarder les informations.

Le téléviseur n'avait pas l'air de bien se souvenir de son propre mode d'emploi : par vagues irrégulières, un défilement distordait le visage du présentateur, également affecté d'une forte bronchite électronique. Son front valsait de l'état de frontière à celui de fronton, bien que vu la gravité des nouvelles on n'eût pas le cœur à plaisanter. L'œil navré sous ses huit sourcils froncés, le journaliste passait l'antenne à l'envoyé spécial, lui-même indistinct sur fond de probables gyrophares, puis au scientifique de la rédaction. Il faut bien dire que tout le bassin méditerranéen est sous la menace permanente des tremblements de terre, Jean-Luc. Nombreux sont les précédents.

Meyer suivit le journal jusqu'à l'heure du dîner, puis rendossant sa veste il passa devant la glace, regard sans joie sur soi. En haut à gauche d'un visage pâle, une bosse en plein essor, déjà, virerait sans doute au bleu de Prusse avant le dessert, il ne manquait plus que ça. Beaucoup de soucis pour une seule journée, Meyer est fatigué. Meyer trouve qu'il en a beaucoup fait.

Huit heures vingt-cinq, il descendait vers la salle à manger trop grande, pas très bien éclairée, tant mieux. Personne pour le moment. Meyer choisit, au fond d'un coin, la table où sa bosse ferait le moins d'ombre. Par une porte entrouverte au loin, dans un autre coin, passait le bruit de moteur d'une conversation calme entre quatre personnes, ou trois personnes accompagnées d'un chien, dans un bloc de silence alentour complet. C'est la campagne, se rappela Meyer en consultant la carte, c'est exotique et rassurant le premier jour, quelquefois même encore le second. Puis il sourit, gauchement tout en se levant, gauchement. La voilà.

La jeune femme s'était mieux servi que lui de la salle d'eau, nette, fraîche mais pas du tout fardée, comme pour marquer la stricte fonction de sa toilette : pour elle seule, pas pour l'œil d'autrui. Elle referma la carte à peine consultée, tout de suite sûre de son choix pendant que Meyer hésitait encore beaucoup à ce sujet. Mais comme dans l'ombre, au bout de la table, une serveuse naine venait de se matérialiser, Meyer fatigué d'hésiter laissa Mercedes commander pour prendre la même chose, disons des escalopes avec des crudités, une carafe d'eau pour elle, un quart de vin pour lui, oui. La naine dissoute, Mercedes dépliait sa serviette. Vous avez pu vous reposer un peu ? fit Meyer bravement. Le regard de Mercedes monta vers lui, faisant aussitôt le point au-dessus de son œil droit.

— Oui, grimaça Meyer en se touchant délicatement le sourcil, je me suis un peu cogné. Rien.

Il ne s'attendait pas à ce que la jeune femme tendît alors une main vers son visage pour explorer doucement, du bout des doigts, les environs de l'ecchymose : et vous vous êtes fait ça comment ?

— Un petit coup de fatigue, répondit-il modestement. Un petit éblouissement. Ça me prend de temps en temps.

Pas souvent. Pas plus de deux ou trois fois par an. Plutôt le matin, semblait-il. Plutôt le dimanche matin lui semblait-il, mais il s'abstint de le préciser. Ça va vous faire une sacrée bosse, sourit Mercedes en retirant sa main. Vraiment gentille de temps en temps, cette fille, et puis plus rien, déconcertante. Meyer lui rendit son sourire, mais ensuite pas moyen d'en tirer quelque chose. Il tenterait bien encore, pendant le dîner, de parler un peu, mais elle resterait imprécise, poliment évasive, dans le flou : les propos hasardeux de Meyer, ses questions, ses essais de commentaires s'écraseraient sans réponse contre le mur opposé puis retomberaient mollement en chute libre. C'est gai.

Rien de très animé non plus derrière la porte entrouverte, à l'autre coin de la salle à manger : ça n'allait plus très fort entre les trois ou quatre personnes et le chien. Un peu de vin ? fit Meyer. Merci, déclina la jeune femme en se versant un verre d'eau. Jamais bu d'aussi mauvaise eau municipale, observait-elle ensuite en repoussant avec douceur, du bout de son soulier pointu, les questions dégonflées à ses pieds.

A ce rythme-là ça ne traînerait pas, dessert vite expédié sans café. Remonté dans sa chambre, Meyer rallume le téléviseur. Cela semble être quelque programme de variétés, l'image ne s'est pas arrangée ni le son. Sous le défilement qui gonfle sa mâchoire en outre et lui taille les oreilles en pointe, ce n'est pas si facile pour le pitre d'exposer que, malgré le drame de Marseille qui nous touche tous, le spectacle doit continuer.

14

— Le plein, dit Meyer.

Après le continental breakfast chacun dans sa chambre, un saut à la maison de la presse d'Eyzin-Pinet, puis le coupé jaune quitte la station-service. On rejoint l'autoroute. Mercedes est plongée dans les quotidiens, sans un regard pour Meyer ni sur les alentours. Les alentours sont plans, sans intérêt, tous du même vert, ils n'ont que ce qu'ils méritent, pas de raisons de se vexer. Meyer, par contre, qui finirait par le prendre mal, s'entend demander à la jeune femme d'une voix un peu tendue, trop sèche mais trop tard, si ça ne l'embêterait pas de lui résumer les journaux.

Il ressort de ce résumé que le tremblement de terre, de magnitude 7,9 sur l'échelle de Richter, a saccagé l'ouest portuaire de Marseille et trois ou quatre kilomètres de littoral ; on suppose l'épicentre en mer de Ligurie. Après le choc destructeur des deux plus fortes secousses, les incendies ni les inondations n'ont fait défaut, avant que le raz de marée vienne parachever le désastre — grosse quantité de victimes, donc, parmi lesquelles grosse proportion d'arrêts du cœur. Selon les rumeurs, des bandes pillardes se seraient immédiatement formées : par les crevasses ouvertes dans les murs des Baumettes, des quarterons d'outlaws perpétuitaires se seraient enfuis pour écumer les bijoutiers, les armuriers, détrousser les cadavres et les épiciers de luxe, arracher les boucles aux oreilles mortes ou vives, fin des rumeurs. Viennent ensuite l'étendue des sinistres et le détail des secours, les réactions des personnalités, les rappels historiques, la double page du scientifique de la rédaction, je passe ? Oui, dit Meyer, passez.

Le coupé roule très bien, presque tout seul, double pas mal d'autres voitures, quelquefois même d'autres coupés, Mercedes vient d'interrompre là son résumé. Elle rouvre l'un des quoditiens, jette un coup d'œil en douce sur l'horoscope, Meyer n'ose pas lui demander de lire le sien. Il a tort. Il devrait. Dans le silence revenu, ses pieds et poings sur les commandes, sans même l'effort de changer de vitesse dans les côtes, il avance. On avance. Plus tôt qu'on n'aurait cru c'est la dernière ligne droite, dernier péage avant Fontainebleau, Paris n'est plus qu'à un petit jet de missile : aussitôt le trafic s'accélère et c'est le sprint final pour atteindre en premier la grande ville, Meyer impatient suit le mouvement. En arrivant il va respirer mieux, passé le périphérique il connaîtra mieux le nom des choses : dans l'enceinte que ce boulevard délimite, Meyer sait tout de suite, tout le temps, où il est.

Mais pas où il va : sitôt franchie la porte d'Italie, il se tourne vers la jeune femme et demande encore, bon, ce qu'on fait. Elle, souriant à moitié, si ça ne vous ennuyait pas trop, suit une adresse dans le XVIᵉ arrondissement. Parfait. Meyer connaît très bien le chemin.

L'auto garée devant un numéro pair de la rue Cortambert, interrogativement il va se tourner vers la jeune femme avant qu'elle descende, prêt à demander si l'on pourrait se revoir. Il va lui poser la question. Mais comme elle-même regarde ailleurs, on dirait qu'elle attend quelque chose, il réalise alors que c'est à lui de descendre. C'est qu'on s'habitue vite aux voitures, très vite on fait avec elles des petits trucs intimes, très très vite on oublie qu'elles ne sont pas à vous. Contrarié, Meyer, déstabilisé. Bon, je vais vous laisser là, dit-il, qui en oublie de poser sa question. Se retournant machinalement pour prendre son bagage il se souvient maintenant qu'il n'en a plus, qu'elle n'en a pas non plus, qu'ils sont des rescapés sans rien sur eux, crachés indemnes d'un désastre. Au revoir, conclut-il, trébuchant en ouvrant la portière. Il manque tomber sur le trottoir, se rattrape de justesse à la vitre baissée, s'éloigne sans se retourner. Ne se rappelle qu'alors son autoradio laissé dans la voiture et se retourne vivement mais le coupé jaune, au loin, d'abord masqué par un très gros fourgon, Transports Sylvain Honhon, Lagny (S&M), a maintenant disparu. Pas si grave. L'auto-radio, Meyer pour un moment n'en aura plus l'usage. Puis l'assurance de toute façon. Et puis même ce n'est pas si mal, peut-être qu'elle va vouloir me le rendre, peut-être qu'elle va me chercher, peut-être qu'elle va me trouver. On peut rêver.

Retour de catastrophe, tout seul rue Cortambert sans rien que son costume d'été sale sur lui, Meyer reste immobile encore un instant sur son trottoir, puis le suit vers le croisement de la rue de la Tour. A droite encore puis il traverse au feu, sans hésiter, paraissant très déterminé, à l'évidence il connaît bien le chemin. Ensuite à gauche rue Desbordes-Valmore et c'est tout de suite là : petit immeuble maniéré, daté, signé, moulures et fer forgé, gâteau de mariage à trois étages. Meyer compose le code d'accès, fran-chit le portail, presse un bouton de l'interphone dans l'entrée, patiente en regardant passer une jeune fille vêtue d'un cycliste et d'un boléro, jeune œuvre d'art sur talons hauts, dans les rues les femmes remplacent les statues. Mais qu'est-ce qu'elle fout, prononce-t-il doucement en rappuyant sur le bouton. Oui, vient enfin soupirer, oui, dans l'interphone une voix de femme inquiète, languissante et fardée. Maman, dit-il, c'est moi. L'escalier sent principalement la cire, un petit peu le papier d'Arménie, un tout petit peu le moisi.

Seigneur, s'écrie Maguy Meyer, tes chaussures. Est-ce que tu as vu l'état de ton pantalon. J'étais à la campagne, improvise Meyer après qu'on s'est embrassé. Un peu de boue, rien du tout. Tiens, tu as mis ce truc. Tu sais, dit-elle, que ça me rappelle le commandant.

Le truc, sautoir de marcassites assaisonnées de zircons, sine dans le col d'un grand tricot noir; jupe noire et faveur noire dans le chignon blanc, demi-deuil. Et le commandant, qui avait déjà décroché un petit rôle de sous-lieutenant pendant le bombardement de Sakiet-Sidi-Youssef, à bord d'un B-26 français de construction américaine, le 8 février 1958 (69 civils tués, 130 blessés), s'est trouvé promu tête d'affiche ensuite dans la vie de Maguy Meyer. Qui reprend son fils par les épaules, mais regarde-moi, tu n'as pas l'air bien. D'abord tu t'es cogné. Tu as vu ce que tu t'es fait? Viens que je te mette un peu de Synthol. Rien du tout, dit Meyer, je vais à merveille. Mais tu as les yeux qui brillent un peu. C'est la

104

campagne, dit-il, c'est l'air. Par contre est-ce que tu crois que je pourrais prendre un bain ?

On ne porte pas un pantalon dans cet état. Au fond d'une commode, Maguy en cherche un de rechange. Ne trouve rien à la taille de son fils qu'un jean avec un sweat-shirt raides de peinture, baskets assorties, du temps où il passait lui refaire son entrée puis restait dîner. Ce qui n'arrive plus maintenant que son travail lui prend tout son temps. Maintenant, depuis le fond de la baignoire, Louis passe en revue les escadrons de produits de beauté concentrés aux frontières du lavabo. Sa mère lui pose de loin, par la porte entrouverte, des questions auxquelles il ne répond pas tout de suite, et un ton au-dessous. Et tu es seul, en ce moment ? pose-t-elle par exemple. Ça va, répond-il, ça va. Cette petite était pourtant gentille, se souvient Maguy, et plutôt belle fille finalement. Tu aurais peut-être pu rester avec elle, tu ne crois pas ? Je sais bien, soupire Meyer paresseusement, se retournant comme dans son lit, tirant sur son épaule une couverture d'eau chaude, mais nous n'avions pas les mêmes intérêts. Maguy referme la commode. Et tu as vu Marseille, dit-elle en ouvrant un placard, tu as vu comme c'est affreux. Oui, dit Meyer, c'est terrible. Au fond du placard, enfin, vieillit un des larges pantalons de tweed clair de Robert Meyer, mais Louis n'en voudra sûrement pas.

Maguy le déplie quand même en levant les yeux au ciel, secouant la tête et se parlant à mi-voix. Pas les mêmes intérêts.

Ceint d'une serviette éponge, Louis refuse en effet ce rechange. Non, je vais remettre mes vieux trucs, dit-il, je vais rentrer m'habiller chez moi. Je dois rentrer chez moi. Dit-il si misérablement, peut-être, que Maguy propose d'aller tout de suite lui acheter quelque chose à se mettre — justement rue de la Pompe un petit magasin pour hommes très bien. Tu es gentille, dit Meyer, mais non. Je ne t'ai rien offert cette année, rappelle Maguy, quelque chose de foncé pour une fois. Non, résiste Meyer, non. De la flanelle dans le pétrole, une chose un peu classique qui t'irait bien. Non, cède Meyer, ou peut-être alors noir.

Il a remis ses vieux trucs, sa mère a pris son sac, il la rejoint dans l'entrée. Bon, dit-il, on y va ? D'un regard, Maguy lui fait signe d'avancer. Si tu crois que c'est moi qui vais ouvrir cette porte, dit-elle, on n'est pas sortis.

15

Le noir est salissant, c'est surtout ça le problème. Sinon, ce complet, Meyer était très bien dedans. Au bras de sa mère vêtue de la même couleur, à petite allure ils remontaient la rue de la Tour comme s'ils suivaient, de loin, un convoi funéraire trop véloce, déjà disparu au tournant. Puis ayant déjeuné d'une salade, rue Desbordes-Valmore : mon chéri, dit Maguy, tu ne crois pas qu'on devrait aller le voir ? Depuis l'automne dernier, tu ne crois pas qu'on pourrait y aller ? Bon, dit Meyer, qui juge bon de grouper les tâches apparentées : venu visiter, ce matin, sa mère, autant passer voir son père dans la foulée, comme ça tout est réglé dans la journée.

Du moins passer voir ce qu'on suppose être Robert Meyer, sous une stèle gravée de la formule *A british airman of World War II - Known unto God.* Sans en être positivement sûre, les recherches de

Maguy lui ont donné des raisons de croire qu'il est là, près de l'entrée d'un cimetière militaire dans le département de l'Aisne, pas très loin de Charly-sur-Marne. Cimetière désert dans la campagne glabre, deux mille monolithes identiques surmontés du même modèle de croissant, d'étoile, de croix, rien ne surmonte certains noms africains, nulle fleur. Au fond de la nécropole, deux conteneurs bétonnés recèlent deux lots de cent trente et deux cent trente débris d'inconnus.

Un vent sec sous un ciel couvert, pendant dix minutes, avait battu les pans de leurs habits noirs. Meyer debout, très droit, considéra sa mère penchée qui époussetait le monolithe et posait dessus deux graviers noir et blanc, signe qu'on est passé, puis ils étaient repartis vers Paris dans l'Opel de Maguy, par les mêmes petites routes qu'à l'aller. Comme d'habitude Maguy, tout en roulant un peu trop vite, évoquait un peu la mémoire de Robert Meyer, que Louis n'aura pratiquement pas connu. Maguy non plus, d'ailleurs, à peine connu. Aucune action d'éclat, toujours les trois mêmes anecdotes, c'était embarrassant qu'elles fussent bien moins intéressantes que celles qui avaient rapport au commandant. Ainsi, comme on passait devant une auberge de style à l'orée de la forêt de Retz : je suis venue deux fois ici avec le commandant, dit Maguy. Figure-toi. Il déposait son revolver d'abord, chaque fois, sur la table de nuit. Evidemment c'est autre chose.

Elle déposa Meyer impasse du Maroc, téléphone-moi, baisers, tu sais que tu es beau dans ton beau complet. Puis comme il recherchait ses clefs dans sa poche neuve, voici qu'à l'intérieur le téléphone sonnait déjà, comme l'autre fois. Volets fermés, courant coupé, Meyer marcha vers l'appareil dans le noir. Absolument pas Victoria, bien sûr. Non, c'est encore Blondel au téléphone.

— Oui, dit Meyer, bonjour. Très bien. Pas du tout, c'est juste que j'arrive à peine, là. Un instant. Voilà.

Blondel s'était mis à parler, Meyer à se déplacer sans beaucoup écouter, suivi du fil qui faisait des nœuds dans tout l'appartement, poussant un volet d'une main, d'une autre ouvrant le compteur, ramassant puis triant sommairement le courrier glissé sous sa porte — la banque, le gaz, une carte postale qu'il fit tourner entre ses doigts, vue aérienne de Chicago avec les mots Beau temps sur Chicago. Tu peux crever. Jo. Il faut absolument qu'on se voie très vite, dit Blondel. Demain matin dix heures et quart.

Meyer avait ensuite ouvert tous les volets puis la radio : du piano solo, tout à fait ce qu'il nous faut. Puis il s'assit dans le canapé à gros damier pour aussitôt se relever, soulagé d'être enfin rentré, de retrouver après tout ça la maison calme, assez bien rangée, reconnaissant au ciel de s'être dégagé. Pendant quelques instants, à mi-chemin des états de grâce et d'ébriété, une émotion de gratitude éperdue, légèrement exaltée, lui fit même porter aux choses du monde un intérêt tout neuf, un intérêt tout frais : pisser puis tirer la chasse lui parurent deux miraculeuses merveilles de la nature puis de la technique. Après quoi Meyer s'était un peu calmé, rendu dans la cuisine et préparé du thé. Bien au sec, un tout petit insecte s'était installé à l'abri sur un flanc de l'évier, dans l'ombre rassurante du robinet, bien sympathique totem avec son œil bleu, son œil rouge et son long nez qui goutte. Or voici qu'une monstrueuse pince tordait l'œil rouge, voici que du nez jaillit un ardent tourbillon, brûlante spirale fumante où l'insecte se vit aussitôt poché, cuit et recuit avant qu'au bout de six tours d'honneur la bonde l'eût aspiré. La veille, sous une chaleur parente, Meyer n'avait pas été autrement absorbé dans le centre commercial, vers l'ascenseur, vers Mercedes qui avait gardé l'autoradio, lui qui n'avait même pas son véritable nom. Il se servit du thé, remplit le bac à glace.

Trois heures plus tard en vue d'un verre, l'eau du bac ayant pris, Meyer démoulait les glaçons. Adoptez-moi, adoptez-moi, bondissaient joyeusement les glaçons dans leur gangue de caoutchouc, l'un d'eux

110

sauta même s'installer dans le pli de son coude nu. Très affectueux, ce glaçon, visiblement il cherche un maître ; Meyer l'adopta dans son verre, bien au chaud dans le gin-tonic. Puis il s'était ouvert une boîte et fait des pâtes. Avait passé un moment devant la télévision : des patineuses en marche arrière, justement ce qu'il aime le mieux, puis du catch, prise de tête avec torsion de la tête puis écrasement de la tête avec immobilisation, esquive et coup de genou. Minuit vit Meyer, au fond de son canapé, passer un dernier coup de fil à Georges, très vieil ami, un de ces si vieux amis auxquels on a déjà tout dit, du moins tout le superflu, on n'a plus que l'essentiel à se demander, alors aujourd'hui qu'est-ce que tu as mangé.

Le lendemain matin, le temps s'est recouvert et le téléphone sonne. Ce devrait encore être Blondel. Absolument pas, c'est Victoria.

16

Ce ne serait pas très long, Victoria se mit à parler de long en large, donnant de ses nouvelles en vrac comme si de rien n'était depuis deux ans. Remariée avec un ingénieur du son, vivant en grande banlieue ouest sur laquelle, soit dit en passant, il ne devrait pas tarder à pleuvoir. Toujours très intéressée par le temps, comme avant, toujours très forte en météo. Elle parlait vite, Meyer ne comprenait pas tout. Alors, dit-elle, et toi ?

Pris de court et faute de mieux, Meyer tenterait alors de résumer quelques-uns de ses travaux, de ses occupations annexes, vulgarisant un peu ses recherches, enjolivant un peu ses résultats, mais Victoria n'aurait pas l'air d'accrocher tout à fait au sujet. Bruit derrière elle à l'autre bout du fil. Ah, fit-elle, voilà mon mari. Bruit de mari caractéristique, en effet, bruit de baiser mouillé du mari trempé qui rentre à la maison. Si tu voyais ce qui tombe, dit

Victoria. Et je t'embrasse et cætera. Si c'était juste pour ça, tant qu'à faire, Meyer eût préféré qu'elle n'appelât pas.

Demain matin dix heures et quart, avait prévu Blondel, nous y voici donc. Une chemise vieux rose sous le complet noir tout neuf donnait quelque chose de pas mal du tout, même si Meyer après l'appel de Victoria n'était plus que la moitié de lui-même — et Blondel pas si mal non plus dans un veston vert pomme qui le rajeunissait appréciablement. Par les fenêtres de son bureau, rue de Varenne il faisait toujours gris. Sur le trottoir d'en face, sous le porche d'un cours secondaire privé, trois blondes extra-légères grillaient des anglaises en attendant mieux. Je n'étais pas sûr de vous trouver, hier, au téléphone, dit Blondel. Je ne me rappelais plus les dates de votre congé. Oui, dit Meyer, j'ai dû abréger. Quoi, fit Blondel, pas bien passé, ce congé ? Tiens, vous vous êtes cogné ? Rien du tout, dit Meyer, tout à fait bien passé. Parfait. Vous avez eu beau temps, supposa Blondel.

— C'est allé.

Toujours pas très envie de parler de la catastrophe, pas plus à lui qu'à Maguy. Mais Blondel avançait ses lèvres en agitant une main devant lui, comme s'il commentait une terrible raclée. Dites donc, fit-il, vous avez vu Marseille ? J'ai vu, dit Meyer. Vous n'imaginez pas l'effet que ça fait, s'exclama Blondel. Un peu, dit Meyer, je me l'imagine un peu.

— Je veux dire au ministère, précisa l'autre. Je veux dire pour nous. Figurez-vous qu'ils débloquent les crédits, pour Sismo. Il semblerait que nos affaires reprennent.

— Félicitations, dit Meyer.

— L'engin Sismo, répéta Blondel, vous vous souvenez ? Nous l'avions encore perfectionné, regardez. On a trouvé le moyen.

Il partit en crabe vers le coffre-fort scellé derrière son bureau, plongeant une main dans une poche de sa veste. Sans la retirer, depuis l'intérieur de sa poche il pressa trois plots d'une télécommande qu'il braqua vers le coffre, comme un Luger déforme un imper. Bip sec dans la porte du coffre qui s'ouvrit en deux, découvrant des fichiers, des boîtiers de disquettes, des dossiers roses et noirs sanglés, plus un étui en cuir contenant le collier de saphir d'Eve Blondel, ses deux solitaires, ses diamant-perle auriculaires et son tour de cou de breitschwantz. Blondel dénoua la sangle d'un dossier rose, étalant quelques plans sur son bureau, graphiques, tableaux comparatifs. Jetez un œil.

Même s'il connaît mieux les systèmes propulseurs que les engins propulsés, Meyer mieux que tout pékin sait lire cette sorte de choses. Il comprit aussitôt que le nouveau Sismo représentait, en effet, un gros progrès : sa haute résolution permettait de faire le point sur un objet vingt fois plus petit qu'avant, l'acuité stéréoscopique étant améliorée d'autant. Collecte de mesures au laser, traitement parfait de l'image au sol. Il est là, le moyen, dit Blondel.

A terme, sur terre, un ensemble de stations automatiques pourrait continûment procéder à des mesures magnétiques et gravitationnelles, surveillant tout signe précurseur de tremblement. Rassemblées par Sismo, collecteur de données, ces mesures compléteraient les informations déjà recueillies sur les déformations, plissements et dislocations de l'écorce terrestre. En orbite géostationnaire au-dessus de la Méditerranée, le satellite Sismo surveillerait en profondeur la croûte du bassin, relevant les moindres mouvements de l'Afrique et de l'Eurasie. Le repérage immédiat de leurs fractures, le signalement du sens et de la vitesse des failles préviendraient aussitôt de tout risque de gros séisme. Elle était là, la solution.

— On n'empêchera jamais que ça tremble, dit Blondel, au moins qu'on puisse faire évacuer avant. Je m'y attendais de toute façon, ça devait bouger un jour ou l'autre. Il aura fallu ça pour qu'ils se se décident. Mais tout est prêt. Sismo est fin prêt. Je n'ai plus qu'un petit problème à résoudre avant de l'envoyer.

— L'envoyer comment ? fit Meyer.

— Avec tout un petit lot, comme on fait d'habitude. Deux autres satellites, une trentaine d'expériences à bord. Ils seraient même d'accord, au passage, pour faire dépanner Cosmo.

— Ah oui, dit Meyer, Cosmo.

— Six ans qu'il est en orbite, rappela Blondel, normal qu'il soit en dérangement. Il pourrait remarcher pas si mal mais il faut arranger quelques petits trucs dessus. C'est le spectromètre, surtout, qui m'a l'air complètement foutu.

— Ça ne va jamais rentrer, objecta Meyer. Trois satellites et trente robots, c'est dix fois trop pour un lanceur classique. Même des tout petits robots, ça ne tiendra pas.

— Qui parle de lanceur ? fit Blondel, qui vous parle de robots ? Tout ça va partir en vol habité. Les Américains nous passent un orbiteur, on l'a retapé à moindre prix. Juste un tout petit problème, comme je vous ai dit, rapport à l'équipage. Il me manque quelqu'un. Il m'en faut cinq et j'en ai quatre.

Il posa sur Meyer un regard incrédule, gêné mais ravi, comme s'il venait de découvrir sa présence, son usage, comme s'il venait de comprendre son rôle potentiel, comme secrètement exulte un montreur forain qui assiste à la naissance de ses triplés siamois.

— Ça ne vous dirait pas de venir ? risqua-t-il. Une petite semaine en orbite, ça ne vous dit pas de tenter le coup ? Bien sûr, comme vous savez, budgétairement on est un peu serré. Ça ne sera pas très bien payé.

17

— Vous exagérez, fit Meyer d'une voix forte, je
n'ai pas été assez formé pour ça. Et puis ce n'est plus
de mon âge. Pardon ?

— Vous aviez quand même fait la demande,
s'exclama vivement Blondel en repoussant son chien,
grimpé sur ses genoux, pour ouvrir sa mallette puis
en extraire un document. J'ai le papier, là, vous aviez
signé, vous aviez passé tous les tests. Même que vous
aviez commencé l'entraînement.

— C'est loin, dit Meyer doucement, c'était il y a
quinze ans. L'espace, on était tous partants. Qu'est-
ce que je dis, quinze ans. Vingt ans.

— Qu'est-ce que vous dites ? cria Blondel. Vous
allez voir que ce n'est pas grand-chose, l'entraînement. L'affaire d'un petit mois.

Meyer secoua la tête en desserrant sa ceinture
d'un cran, répéta qu'il n'avait plus l'âge en jetant
un œil en contrebas, par le hublot, sur un damier

céréalier jaune et vert. On était seuls avec, devant, le pilote en combinaison blanche un peu sale, au-dessus de la Beauce, dans le ronflement d'hélices et le fracas de moteur du Piper Cheyenne bleu roi. On était installés de part et d'autre du chien Dakota vautré dans la travée. Ce n'était pas la première fois que Meyer avait affaire à l'animal : œil injecté, long museau frémissant, incisives aiguës très irrégulières et queue vermiculaire annelée rappelaient décidément l'ordre rongeur au lieu du carnivore. Blondel venait de balayer l'argument de l'âge, arguant de ce que les types, ordinairement, dans les navettes, regardez les Américains, ce ne sont jamais des tout jeunes jeunes, vous n'avez pas remarqué ?

Puis Meyer serait vraiment le sujet idéal. Polytechnicien, donc en situation militaire régulière, il saurait également superviser des expériences issues de champs scientifiques variés, chimique ou biologique, mécanique, médical ; sans compter que le système de propulsion de l'orbiteur, silicate de carbone cent pour cent, relevait de sa spécialité dans les moteurs en céramique.

— Cet orbiteur, se fit préciser Meyer, vous êtes bien sûr qu'il fonctionne bien, au moins ?

— Parfaitement, dit Blondel, un appareil qui était en très bon état de marche, déjà, puis que nous avons entièrement retapé, bien sûr, que nous révisons depuis longtemps.

A ses pieds Dakota vomissait en silence avant de se rouler dedans, toujours aussi répugnant et lent — quoique doté d'impulsions imprévues puisqu'il bondit soudain sur les genoux de Meyer écœuré. Vivement repoussé, le rat géant se renfouit dans son vomi. C'est que ça aime bien les genoux, ces petites bêtes-là, commenta Blondel avec joie.

Meyer se retourna vers le hublot en s'essuyant pendant que l'autre poursuivait : le plus délicat de cette affaire avait été, bien sûr, le montage financier. Le ministère donne son accord, mais comme toujours question crédits c'est la portion congrue. Il avait fallu prendre pas mal de contacts, signer des contrats annexes, s'arranger pour les droits dérivés : les industries, quelques télévisions, même un peu de publicité de marques. La publicité de marques, on n'y coupe plus.

En bas, maintenant, c'était à peine plus montagneux, massifs peu mouvementés, contreforts mous de forêts foncées. Le Piper Cheyenne évoluant à basse altitude frôlait quelquefois des sommets d'éminences rondes, si proches qu'on aurait pu les atteindre d'un bond, sans parachute ni se faire mal. Puis lorsque fut en vue, quelque part au-dessus de l'Armagnac, une vallée d'allure fertile et tachée de couleurs vives autour d'un plateau calcaire sec, on descendit se poser.

Rudimentaires étaient les équipements du terrain d'aviation : une seule piste cimentée, une grosse manche à air à rayures, une baraque en tôle ondulée sur le toit de quoi, en lettres énormes, on avait peint le nom du petit aérodrome. Un autre Piper, Apache et bleu ciel, posé en bout de piste ; une grosse Peugeot foncée garée près de la baraque ; aucun figurant. Sauté de l'avion, Meyer suivit Blondel et Dakota, contournant la baraque puis montant dans l'auto, se retournant vers le Cheyenne aussitôt renvolé.

Cap sur le plateau calcaire, on traverserait d'abord cette vallée, riche et bien irriguée, ponctuée de grosses fermes cossues, d'établissements horticoles confortables. A grande échelle, à fort rendement, l'exploitation de la fleur paraissait la principale ressource du coin. De part et d'autre de la route croissaient des champs de roses buissonnantes, multiflores, des roses cent-feuilles, des roses galliques et des roses-thé, les James Mason avec les Paul Néron, les Gloire de Dijon, les Virgo Liberationem.

Vingt-cinq tortueuses minutes d'une départementale pentue, tout en lacets, firent ensuite roter bruyamment et baver Dakota sur la banquette arrière. Puis sur la gauche une large voie lisse de béton préfabriqué, rectiligne, s'enfonçait dans un canyon crayeux. Voie très bien entretenue, étayée en sous-sol pour les transports de fort tonnage, déserte comme une allée privée, canyon livide aux flancs duquel s'éparpillaient, sans le boiser tout à fait — sous leurs branches maigres on voyait l'os — des lots d'épineux, de conifères mal rasés, puis de barbelés par affinité. On s'arrêta. Haut mur barbelé de fort voltage, solide treillis que des pylônes incurvés en hauteur cambraient tous les cinq mètres. Grosse grille électrique rouge et blanche d'inspiration douanière, flanquée de guérites façon blockhaus et décorée d'un gros pictogramme dissuasif.

Télécommandée par Blondel, la grille s'effaça doucement sur son rail puis on repartit dans le calcaire sec, avare de soi, toujours peuplé de ces épineux hostiles, de ronces antipathiques et de chardons qui vous regardaient passer l'air mauvais. Deux rapaces dans le ciel surveillaient également le secteur ; parfois sous les roues de la voiture giclait du bas-côté, furtif comme sous air comprimé, quelque lapin sacrificiel.

Le canyon s'élargit après un virage ample, on déboucha sur un plateau où se tenait enfin le centre d'entraînement. Aspect de vieux motel en même temps que de vieux camp militaire périmé, désaffecté, recyclé dans le paramilitaire. D'abord trois lignes de baraquements bas, séries de bungalows aux volets beiges et verts passés, écaillés, poignées d'aluminium piquetées d'oxyde, reliefs de très lointaines velléités de cultures devant certains seuils — zinnias translucides, cosmos dégénérés. Au-delà se dressaient un hangar, section ogivale et surface ondulée, puis un autre gros bâtiment blanc, carrelé, cubique et plus récent, sans fenêtre ni porte apparente. C'est là que sont les principales machines, indiqua Blondel. J'aperçois Truphème.

L'heure qui suivit, Meyer entra dans des bureaux, des salles de réunion, des chambres, tous légèrement humides mais très bien éclairés. Il vit les gens de l'administration : le lieutenant-colonel Truphème avec sa secrétaire Lydie, l'intendant Bœuf, la cuisinière Marie-Madeleine et ses deux assistantes et les trois factotums. On lui attribua le premier bungalow du baraquement 2. Blondel lui laissa le temps de déballer ses affaires, très peu de choses, beaucoup moins que pour Marseille, avant de l'entraîner vers le bâtiment blanc. Là Blondel présenterait Meyer aux techniciens et comportementalistes du centre. C'est aussi là que Meyer croiserait son futur commandant de vol, présent sur les lieux depuis l'avant-veille : commandant Bégonhès, costaud Palois souriant, l'air calme et compétent, rassurant. Lunettes, moustache, petite calvitie. Solide accent de Pau. Père de famille

123

et baryton léger. L'œil un peu fixe néanmoins, la démarche un petit peu hésitante. Est-ce que son regard n'est pas un tout petit peu fixe, s'inquiéta Meyer à voix basse après que Bégonhès eut fini par trouver la sortie. C'est bien le moins, chuchota Blondel, il sort de la centrifugeuse. Je vais vous montrer.

Il fit voir à Meyer les machines, l'orbotron, la table basculante, les catapultes et le caisson à dépression. Ensuite ils visitèrent, au sous-sol, la piscine où l'on s'entraînerait à l'apesanteur en reproduisant toutes les situations de vol. Dans l'eau c'est à peu près comme dans l'espace, rappela Blondel, c'est un bon exercice, on y flotte pareillement. On peut tout reproduire en piscine sauf la peur de la mort.

— Départ dans un mois pile, annonçait-il aussi trois heures plus tard, vous prendrez quoi ? Je crois que c'est des quenelles en plat du jour sinon vous avez le steak, évidemment. Un jour pour moi, commanda-t-il en habitué.

Le mess occupait l'aile nord du dernier baraquement, toile cirée sur les tables et bar d'aéro-club dans le fond, trophées et fanions parmi les bouteilles, photos encadrées derrière le bar. Meyer et Bégonhès optant pour le steak, Blondel expliqua le choix de cette date : l'alignement des planètes ouvrait, d'ici pile un mois, la fenêtre de vingt heures dont on pourrait profiter. Suivirent quelques informations sur le plan de vol, sur l'équipage : outre Bégonhès aux commandes assisté d'un pilote, prendraient place dans l'engin deux scientifiques — dont Meyer — ainsi qu'un civil qui rejoindrait le camp demain.

— Un civil, répéta Bégonhès.

— Un élu, dit Blondel, un genre de député. On est plus ou moins obligés, grosse allonge. Il nous fait presque un tiers du budget complémentaire. C'est le jouet cadeau dans la lessiveuse de pognon, si vous voulez bien me suivre.

Quant au pilote, il aurait tout pour plaire. Vous aimerez bien DeMilo, dit Blondel. Efficace, il connaît son métier. Toujours de bonne humeur, charmant, doit avoir plein d'histoires de femmes. Lui, ainsi que l'autre scientifique, biologiste nommé Blanche, se trouvaient déjà sur place de l'autre côté de l'Océan, à même la base de lancement, s'entraînant dans un camp semblable à celui-ci. Ils ont le beau temps, sourit Bégonhès. Ils ont les moustiques, dit Blondel, café ? On ne va pas commencer l'entraînement tout de suite mais si ça vous dit, pour voir, d'essayer une machine cet après-midi. S'il n'y a rien d'autre à faire, dit Meyer.

Courbatu le lendemain matin, il s'était fait remettre le programme du vol orbital. Recouché jusqu'après dix heures il le lut plusieurs fois. Outre le déploiement des satellites Agro et Sismo, l'envoi d'un satellite-espion, son ordre de mission prévoyait de contrôler, en compagnie du biologiste Blanche, les dispositifs habituels — dynamique des gouttelettes et transpiration du riz, interface air-liquide et croissance de cristaux, clinique de la cinétose. Aucune idée de ce que c'est, la cinétose. Comme toujours on embarquerait des animaux, trois pintades du Japon, trente méduses et deux rats ; quelques semences, un cristallisateur. La tête fantôme, une nouveauté. On devrait observer tout cela sans oublier de jeter un coup d'œil de routine, pour s'assurer qu'on est toujours bien seuls dans l'univers. Rien de sorcier.

Après le plat du jour, Meyer essaya d'autres machines dans l'après-midi, passant de l'une à l'autre sans trop se fatiguer. Au mess avec Bégonhès, le soir venu, pendant l'apéritif ils causèrent propulsion, bientôt rejoints par Blondel, on se mit encore à table : tout de suite le chou rouge, les rognons. On venait d'avoir, annonça Blondel, un fax du ministère confirmant l'arrivée du civil demain. Dès lors, l'entraînement proprement dit pourrait commencer. Puis, au risque d'assombrir l'ambiance, Blondel crut bon de leur parler de la vie dans l'orbiteur : vous vivrez, leur dit-il, dans la peur.

18

Je connais bien Lucie, je m'y suis habitué. Ses coups de cafard, ses sautes d'humeur, ses états d'âme et ses vapeurs, je connais. Cela ne m'empêchera pas de la désirer. Calé dans mon fauteuil de toile, à la terrasse du bar des Palmistes, je la regarde, il est minuit. Décalage horaire ou bouderie, Lucie n'a pas l'air très en forme. Mais je ne m'inquiète pas trop pour elle, et surtout je ne renonce pas. Je suis patient. J'ai tout mon temps.

Autour de nous, certaines tables sont occupées par des techniciens du Centre, des ingénieurs en mission. Quelques-uns de ces rampants m'ont reconnu, peu d'entre eux m'ont salué, certains ont un moment suivi Lucie des yeux. C'est la première fois qu'elle vient à Cayenne. Rien du voyage sentimental sous les tropiques, hélas, nous sommes ici pour travailler. Quoique le programme des jours à venir ne soit pas encore trop chargé : demain, par exemple, rien. J'en profiterai pour passer au musée voir les tableaux dont Max m'a parlé, curiosités, des forçats Lagrange et Huguet.

Une fois encore je n'aurais pas eu le temps, malheureusement, d'aller faire un tour en pirogue dans l'hinterland. Mais le lendemain, le musée visité, ayant emprunté une Land-Rover au Centre, j'avais proposé à Lucie de l'emmener, sur la route de Tonnegrande, déjeuner d'un poulet au couac. Vêtu d'une chemisette à rayures jaunes de chez Hilditch & Key, je passai la prendre en fin de matinée. A table, comme je lui demandai par politesse — jamais pu le supporter — des nouvelles de Charles-Henri, Lucie me répondit très vite qu'il allait bien ; puis, se reprenant sur un ton détaché, elle m'apprit qu'ils s'étaient séparés. Je l'avais croisé deux ou trois fois, Charles-Henri, je n'avais jamais donné bien cher de cette liaison mais je me déclarai surpris. Quoique pavoisant intérieurement, je m'efforçai même d'avoir l'air navré. L'après-midi, pour divertir Lucie, tâcher de la consoler, je lui ferais visiter ce qui restait du bagne sur les îles.

Dans l'hélicoptère qui dessert l'île Royale, Lucie s'était assoupie quelques minutes sur mon épaule. Je ne montrai aucune réaction. Comme j'ai dit, je la connais depuis longtemps ; malgré mon intérêt certain pour elle, je me suis habitué à n'être, d'abord, qu'une relation professionnelle, puis un ami, puis une espèce de confident, sans jamais pouvoir accéder au stade supérieur. Ce n'est pas faute de l'avoir souhaité. Ni même, quelquefois, de l'avoir tenté. Tentatives toujours doucement déclinées, comme si de rien n'était, comme si Lucie n'avait même pas remarqué. Peut-être au fond, malgré nos relations presque fraternelles — ce qui pouvait, rapport à mes souhaits, m'arriver de pire —, peut-être se méfiait-elle de ma renommée d'homme à femmes, d'homme qui prend son plaisir de celui des femmes. Or je ne renoncerais pas. Mais, cette fois, je ne réagis pas.

Nous marchions ensuite sous les cocotiers, sur les sentiers pavés qui font le tour de l'île, suivis de singes hurleurs dans les hauteurs et d'agoutis furtifs derrière nos pieds. Nous parlions de choses et d'autres, professionnelles surtout, mais c'est aux affectives que je pensais plutôt. Je savais déjà, je l'avais entendu dire, que ça n'allait plus très fort entre elle et Charles-Henri. Par une des petites secrétaires de l'agence j'avais même entendu parler d'un certain Paul, nouvellement apparu dans l'agenda de Lucie — mais celle-ci ne pousserait pas, cette fois, la confidence jusque-là. Je m'abstins de revenir sur sa vie amoureuse, je ne posai pas de questions tout en

129

me préparant quand même, encore une fois, à tenter ma chance.

Nous allions déchiffrant les graffiti portés sur les ruines et les tombes tout en longeant ce qui reste de la porcherie, de la maison des fous, du cimetière des enfants — bâtiments de briques gravées des initiales de l'Assistance publique, fit observer Lucie. Non, rectifiai-je en lui prenant la main, de l'administration pénitentiaire. Mais avisant non loin des buissons d'orchidées, prétextant un bouquet, voici qu'avec douceur elle retirait sa main. Comme si de rien n'était. Toujours le même coup.

Je ne procédai pas comme elle. Je dépliai mon beau sourire. Lucie, lui déclarai-je franchement, si vous changez d'avis, vous connaissez mon téléphone. Elle sourit comme si je n'avais rien dit.

19

On les avait réveillés tôt pour qu'ils repassent les
épreuves. Ils reprendraient tout à zéro. Même Bégonhès, malgré son expérience, dut encore se plier
aux batteries de tests perceptifs, cognitifs, projectifs,
bien que la description de sa personnalité — sanguin
mais géomètre — fût depuis longtemps serrée dans
son dossier. Meyer, d'abord, s'était retrouvé assis
pendant une heure dans un box devant une table en
bois blanc, un crayon gris dans la main droite et se
grattant la tête avec l'autre main. Puis il dut commenter quelques planches présentées par une femme
anguleuse à petite bouche, long nez pincé, tailleur
d'étoffe sèche et quatre rangs de chaînette — un rang
d'acier pour le chronomètre, un en plastique pour les
lunettes et deux en or pour elle. Codant sur un bloc
sténo la moindre hésitation de Meyer, elle s'expri-
mait par injonctions mécaniques, ne le regardant pas
plus dans les yeux, derrière les panneaux isolants de

ses lunettes, qu'on ne regarde une voiture dans les phares, un robot dans les diodes. Il tenta bien deux ou trois fois d'alléger l'atmosphère, essai de connivence ou brin de cour, en vain. Un petit quelque chose de Mercedes, peut-être, mais en beaucoup moins bien.

Pendant que les comportementalistes, décryptant le bloc sténo, se penchaient sur l'esprit de Meyer, deux autres techniciens plongeaient son corps dans la résine pour lui faire faire une couchette sur mesures, adaptée au plus près au moulage obtenu. On disposait déjà des mensurations de Bégonhès ; avant de l'exempter du bain de résine, on s'assura qu'elles n'avaient pas changé.

— La femme des tests est un dragon, dénonça Meyer pendant le déjeuner. Un dragon.

— Danièle est une brave fille, plaida Blondel, c'est juste qu'il faut la connaître un peu. Elle est de Pau, fit-il savoir.

— Ah bon ? fit Bégonhès.

— Oui, dit Blondel, enfin je crois que la famille de sa mère est de Pau.

— Un iceberg, insistait Meyer, contact impossible, j'ai tout essayé. Pas ça de sourire. (Il posa son couteau pour faire claquer l'ongle de son pouce sur une de ses incisives du haut.) Pas ça.

— Les autres aussi sont tous comme ça, dit

Bégonhès, vous allez voir. Pas très ouverts à la conversation. Et puis ça manque de filles, vous avez remarqué ?

— Du côté du père de Danièle, par contre c'est plutôt les Vosges, il me semble, poursuivait courageusement Blondel. Et vous, Louis, vous êtes né où ?

— Plymouth, répondit Meyer. Mais on n'est pas restés.

— Et vous-même, Molino ?

— Paris, dit le civil.

Le civil était peu causant dans son complet croisé. Une fois qu'il eut dit bonjour, enchanté, steak salade, Paris était le cinquième mot qu'on entendait de lui. Visage lisse et reposé, glacé, cheveux gelés vers l'arrière, vive eau de toilette verte, l'air fin prêt pour un débat télévisé. Molino avait bien salué tout le monde en arrivant, mais avec une politesse un peu distante, légèrement amusée, vaguement dubitative comme s'il s'agissait d'un malentendu. Ou comme s'il prenait un bain de foule, serrant les mains tout en jetant des coups d'œil autour de lui, histoire de repérer la caméra. A table aussi l'élu semblait attendre l'heure de passer à la télé, tuant le temps en partageant le déjeuner des machinistes.

Celui-ci terminé, il tira de sa poche un petit peigne avant de suivre les autres dans le hangar, vaste

133

volume voûté format Bouglione. Presque autant de projecteurs que chez Bouglione, mais au lieu des trapèzes pendait un volume noir en forme de wagon, maintenu en l'air par des vérins, des bras télescopiques. Des torrents d'épissures en sortaient, faisceaux de câbles tressés qui le reliaient aux pupitres des techniciens.

— Voilà le simulateur, dit Blondel, c'est ça. On ne va pas s'en servir tout de suite, je veux juste vous faire voir le caisson.

Un monte-charge à claire-voie permettait d'accéder à ce caisson, fermé par une porte en métal à volant central, genre coffre-fort de sous-marin. Puis l'intérieur du simulateur, clignotant de mille feux, reproduisait avec fidélité le cockpit d'un avion spatial : consoles de commande, moniteurs et claviers de contrôle, indicateurs, leviers, radar altimétrique et palonnier. Trois hublots aveugles, deux couchettes à l'arrière. Une vigoureuse odeur de nettoyant industriel masquait mal, au fond de l'air, de troubles effluves de gymnase et de renfermé. Blondel présenta l'appareil : cinquante modèles mathématiques gérant le système lui permettaient de simuler tout ce qu'on voulait, le pire et le meilleur, le pire plutôt que le meilleur. Multiples étaient ainsi les usages du caisson : simulateur de vol, bien sûr, mais aussi bien module pressurisé, chambre thermique ou milieu confiné. Tous ne plaisent pas autant. C'est affaire personnelle.

Quoique laissez-moi vous rassurer, dit-il, on a fini par alléger le programme. Les temps de privation sensorielle, surtout, on les a beaucoup raccourcis. Mais on ne peut pas encore en faire l'économie, malheureusement ils restent nécessaires. Pourquoi malheureusement ? intervint Molino. Ce qui nous fait sept mots.

Au dîner, comme Blondel apportait quelques informations sur l'orbiteur, l'élu faisait des efforts manifestes pour écouter, pour suivre avec patience. Application professionnelle, vieille habitude rodée sur le terrain, comme s'il fallait subir ça pour être sûr de passer au premier tour de scrutin. Mais sans poser de questions, sans paraître concerné, riant trop aigûment à contretemps, parfois, d'un détail pas spécialement drôle. On le sentait loin de ces histoires d'avion, absent, ailleurs, peut-être dans sa circonscription. Il prit congé dès la fin du dîner, sans attendre le café, je vous prie de m'excuser, sourire en carton, l'air d'avoir mieux à faire d'autrement important. Quand même, pensa Meyer.

— Il n'a pas l'air de se rendre compte de ce qui l'attend, observa-t-il après le départ de Molino, il a l'air de s'en foutre. Quand même il va monter dedans. Il pourrait s'intéresser.

— C'est qu'il a déjà peur, diagnostiqua Blondel, il crève de peur. C'est ça.

— Pas sûr qu'il supporte bien le voyage, s'inquiéta Bégonhès. Pourquoi il vient, au juste ? On ne pouvait pas en trouver un autre ?

— On ne peut pas y couper, dit Blondel. Il est là pour le flan mais on est obligés. On était embêtés, au début, on ne savait pas quoi lui faire faire. C'est qu'il allait bien falloir l'occuper. C'est Vuarcheix qui a trouvé l'idée. C'est exprès pour lui qu'on a intégré dans le listing d'expériences le dernier protocole, vous savez, le petit programme sur la cinétose.

— Pardon, fit Meyer, sur la quoi ?

— Cinétose, répéta Blondel. Mal des transports. Il va surtout servir à être malade, Molino, j'en ai peur. Vous pourrez, vous devrez l'observer.

20

Scaphandrier casqué, Meyer est sanglé sur son fauteuil ergonomique, bardé d'électrodes scotchées à même la peau, d'indicateurs glissés dans tous ses orifices, appareillé de palpeurs qui informent les comportementalistes : rythme cardiaque et pression artérielle, oxygénation du sang, ventilation pulmonaire et tous autres gradients. Ce n'est pas confortable mais ça va encore, sauf que Meyer ne supporte pas bien les sangles qui l'immobilisent. Il préférerait qu'on les lui enlève. Il serait mieux sans.

Ça va encore à peu près jusqu'à ce que se déclenche une symphonie de grondements, cinglantes sirènes et grincements stridents, craquements qui rappelleraient assez la bande-son du tremblement de terre, mais dix fois plus fort. Tout ce vacarme va crescendo dans l'espace clos : bientôt il n'entre plus seulement par les oreilles, il traverse directement la boîte crânienne puis se propage le long des os, préférant les allées dégagées du squelette aux étroits corridors nerveux. Meyer envahi, saturé par le bruit, perd assez vite le sens de l'intérieur et de l'extérieur de soi, ne contrôle plus son interface et se laisse renverser par cette nouvelle vague, terre et ciel oubliés, points cardinaux éparpillés. Seule sa raison tient à peu près bon, là-haut dans son boîtier malmené, depuis le dernier étage du corps elle continue d'émettre un petit rayon, affaibli mais résolu, comme continue de tourner l'optique du phare en plein œil du cyclone. Cela, c'est le premier jour.

Le deuxième jour, pareil.

Le troisième, au plus fort du tumulte, c'est le caisson lui-même qui se met à s'agiter. Sans prévenir il bondit en tous sens, brusquement, suite erratique et frénétique de brutales propulsions, de plus en plus violentes bousculades qui enverraient le sujet s'écraser, s'il n'était contenu, contre toutes les parois de la cabine. Les bruits et les chocs s'amplifiant mutuellement, Meyer bénit à présent les sangles, prie le ciel qu'elles ne cèdent pas, ne pense plus qu'à ça, en oublierait presque son envie de vomir.

Mais encore plus retors sont les comportementalistes : le soir du cinquième jour, tout en accélérant d'un cran les mouvements de la cabine, avec un bon sourire ils coupent le son. Plus un bruit d'un instant à l'autre. Les vibrations, les à-coups se déchaînent dans un silence cryptique. Envahi par de grosses idées simples, apeurées, qui prennent toute la place, Meyer n'entend plus que son souffle rapide, répercuté dans la touffeur du casque.

Si le silence revenu, d'abord, paraissait un petit soulagement, Meyer va vite comprendre qu'au contraire il est pire. Et que c'est pire encore quand s'interrompent aussi les mouvements du caisson. Plus rien. Commencent alors de longs séjours en milieu confiné, dans l'absolue privation de tout qui est, de loin, le plus éprouvant : Meyer ne va pas tarder à regretter le bon temps des acrobaties, l'enfer même des stridences dans la fureur des chocs, sympathique luna-park au regard du confiné. Plus un son, pas un geste, asymptote de la mort, Meyer ligoté là n'a rien à faire qu'attendre, sans même le recours de compter le temps sur les horloges de bord débranchées par les comportementalistes avant la session. N'a toujours rien à écouter, d'abord, que sa respiration irrégulière, braillarde, mais bientôt sa pensée aussi commence à faire un peu trop de bruit. Puis c'est le silence lui-même, trop pur, qui engendre son propre contraire, son négatif assourdissant. Une fois, Meyer se parle pour essayer de se rassurer, il tâche d'articuler quelques mots, mais sa voix sonne comme une chose étrangère, une machine fantôme produisant des accords abstraits, il se tait aussitôt.

139

Certes il faut également supporter les séances spéciales dans le caisson, lorsqu'on y réduit fortement l'atmosphère par exemple, ambiance Everest, qu'il faut aller chercher des miettes de souffle au fond de ses poches, dans l'accelerando de climats polaires et tropicaux. C'est dur, aussi, mais pour Meyer c'est presque peu de chose. Rien n'égale en horreur le milieu confiné.

Dès qu'on s'aperçoit qu'il n'aime pas le confiné, on commence par doubler la durée des séances. S'ensuivent des siècles immobiles, ensevelis dans le silence, jusqu'à ce que naissent des inquiétudes parmi l'esprit de Meyer, se développent des angoisses escortées de nausées, jusqu'à ce qu'il se mette à gémir en suant abondamment, puis vomir en criant puis finir de vomir en sanglotant. De le voir ainsi débloquer, les comportementalistes pourraient s'inquiéter. Pas du tout. Ils trouvent au contraire qu'il ne s'en sort pas si mal. Ravis, ils multiplient les séances par trois, par cinq, par dix, juste afin que leur sujet renonce à ce fâcheux penchant, cette sale manie de tout salir en pleurnichant. Ainsi le sujet finit-il par s'y faire, apprend-il à rester pur objet, résigné, fataliste au point de s'abîmer, parfois, dans une méditation vaguement théiste — qu'enregistre sans doute un palpeur spécial puisque aussitôt le caisson s'agite frénétiquement, toutes sirènes dehors, le temps de couper net à sa dérive spirite.

Le soir au mess, avant le dîner, Meyer met un peu de temps à faire le point sur le verre dans sa main, sur le bruit des glaçons, puis une fois accoudé au bar le gin-tonic a un goût de fer. Pastis pour moi, commande Bégonhès en le rejoignant. Santé. Ça va ? Pas trop dur ? On fera aller, répond Meyer en jetant un mauvais regard de biais sur les comportementalistes, mais on dirait qu'ils ne savent plus quoi inventer pour m'emmerder.

Au fond du mess, les comportementalistes consomment discrètement des kirs et des bitters, à part. Ils ont enlevé leur blouse, ils sont en veste, en polo synthétique, aucun n'est bien gros. Ils parlent à voix basse, poussent des sourires étriqués, portent parfois des colliers de barbe, l'un deux possède une paire d'après-ski fourrés à fermeture-éclair. Ils restent à part. Ce sale boulot, il faut bien que quelqu'un le fasse. Se sachant peu aimés de leurs sujets vu ce qu'ils leur font subir, parfois inquiets d'éventuelles représailles, les comportementalistes préfèrent se tenir à carreau. Echanger le moins possible avec les hommes volants en dehors des séances d'entraînement. Eviter, l'air de rien, quand il se pose sur eux, le coup d'œil ressentimental de Meyer.

Et Bégonhès lui-même n'est pas très frais non

plus. C'est qu'il passe tous les jours quatre ou cinq heures dans le simulateur, tenu de contrôler ses commandes en virtuose, harcelé par des ordres brefs qui se succèdent à toute allure, parfois les yeux bandés, arpégeant les curseurs et les commutateurs sans pouvoir consulter la partition, il souffre pas mal aussi des comportementalistes.

Pas les mauvais bougres, dit-il quand même en levant, de loin, son pastis vers eux. Ils font leur boulot. Il y en a un qui a une maison près de Pau. Ils vous ont fait la centrifugeuse ? Les comportementalistes sourient sans espoir en levant en retour, poliment, leurs verres. Ils savent que l'on n'aime jamais assez son bourreau, fût-il bon citoyen, excellent voisin, père de famille affectionné sous la cagoule. Pas encore, dit Meyer, je crois que j'y passe après-demain.

Ne parlons pas de la centrifugeuse, petite nacelle au bout d'un bras articulé dans laquelle embarque un sujet inquiet. Puis la nacelle se met à tourner au bout du bras, à toute allure, constamment agitée de tangage et de roulis combinés : en vingt secondes le sujet prend dix ans. Ne parlons pas de l'orbotron, machine polymusculatrice dans laquelle on se sent, certains jours, aussi confortablement installé que dans un tambour de machine à laver, d'autres fois non moins à l'aise que dans la malle arrière d'une auto tamponneuse. Ne parlons pas non plus du siège rotatif, du fauteuil à trois axes ni de la piscine où l'on plonge en scaphandre, pinces préhensibles au bout des pattes, gros scarabée mutant plein de bourrelets, cornaqué par des hommes-grenouilles noirs. Quoique ce soit peut-être encore ce qu'il y a de plus reposant, la piscine.

Les jours passent tous pareils. Centrifugeuse au saut du lit, caisson l'après-midi, dans les moments libres un peu de culture physique ou d'orbotron. Le civil a tout de suite mal supporté le caisson, tout de suite régurgité son plat du jour, on n'a pas osé le mettre en centrifugeuse. C'est embêtant, dit Bégonhès, qu'il soit déjà malade comme un chien. On l'oblige juste à faire un peu de piscine mais il se débat beaucoup. Et tous les soirs on dîne au mess avec Blondel. Blondel continue d'assurer qu'on vivra dans la peur, mais que la peur n'est pas si redoutable. Qu'elle est normale et même souhaitable, qu'elle tient éveillé, qu'elle n'empêchera jamais personne de presser un bouton. La peur en soi n'est rien, dit-il, c'est la peur d'avoir peur qu'il faut éviter. C'est cette peur au carré, précise-t-il, qui vous anéantirait.

143

21

C'est parti, semble-t-il. Etendu sous sa triple
carapace téflon-kevlar-dacron, Meyer écoute nasiller
le compte à rebours. Dans un angle de son champ
visuel, il aperçoit Bégonhès également allongé sur sa
couchette, le poste de commande scintille plus que
jamais dans l'angle opposé. Lorsque le compte à
rebours passe aux nombres à un chiffre et que la
lumière baisse en proportion dans le cockpit, le
souffle des tuyères gonfle en raison inverse, les
clignotants s'énervent à grande vitesse, les images de
synthèse galopent sur les écrans. Un rond de soleil
passé par le hublot vient de se poser ingénument sur
le casque de Bégonhès, Meyer s'étonne de respirer si
calmement. Zéro, nasille le compte. Ignition.

Aussitôt les tuyères d'éjection mugissent en orgue,
presque tout de suite une longue explosion paraît
fracasser la base de l'orbiteur. L'engin vacille très
légèrement, bascule à peine sur un côté avant de se

rétablir puis de s'élever, pesamment, vers le ciel. Meyer est plaqué de plus en plus fort sur sa couchette, et de plus en plus vite : l'assez gros chien qui vient de bondir sur sa poitrine grandit à vue d'œil, croît pour atteindre en six secondes le format d'un jeune éléphant. Malgré cela Meyer ne respire pas encore trop mal, il s'en étonne encore, s'étonne d'écouter et de comprendre pas trop mal les suites de chiffres et de lettres que Bégonhès échange avec les techniciens de la base. Cela pèse toujours de plus en plus, Meyer sent qu'on approche à toute allure du seuil de tolérance, puis qu'on le franchit ; mais, passé le seuil, voilà que ça continue de peser de plus en plus. Leur poudre consumée, les propulseurs d'appoint servant au décollage viennent de se détacher du réservoir externe, et les deux petites secousses du largage transforment en mammouth l'éléphanteau. Tout se met à vibrer fort dans l'habitacle. Pendant quelques instants, Meyer aime autant perdre connaissance. En plein ciel au-dessous de lui, les propulseurs se balancent doucement au bout de leur parachute. Sur le bouclier foncé de la mer Caraïbe, le point blanc qu'on distingue juste au centre n'est autre que le remorqueur chargé de les récupérer.

Le rond de soleil court en tremblant vers le plafond de la cabine puis disparaît, le hublot ne donne plus qu'un disque azur soutenu. Les vibrations de plus en plus violentes font revenir Meyer à lui, qui doit forcer les muscles de ses paupières, sous l'accélération, pour les ouvrir. Orbites écarquillées, il sent ses traits qui se tirent, se creusent, ses joues écrasées glissent vers ses oreilles, celles-ci s'étant réfugiées depuis longtemps derrière la nuque. Tout vibre et tremble de plus en plus, comme juste avant que tout aille sauter. Meyer sent naître dans son corps, sous forme de crabe, la peur annoncée tous les soirs par Blondel. Il essaie de s'en distraire en fixant tant qu'il peut le disque azur qui vire au marine, très vite au Prusse puis au violet foncé puis rapidement au noir. Trop vite, suffoque Meyer pendant que le crabe et le mammouth se rencontrent sur son ventre, sympathisent et font des projets d'avenir. Comme ils décident d'abord, pour commencer, de se divertir un peu aux frais de Meyer, celui-ci préfère à nouveau s'évanouir.

La ménagerie va se déchaîner sept minutes après, quand c'est au réservoir externe d'être largué : crabe et mammouth bondissent de joie pour saluer sa désintégration dans l'éther, sa chute en pluie fine sur la mer. Meyer ne retrouve plus la force d'ouvrir les yeux ; sous ses paupières closes la pression fait naître des myriades de phosphènes aux tons vifs, des étoiles éclatées, des croix stroboscopiques et des croissants pyrotechniques sur fond d'escaliers et damiers. S'abandonnant à leur spectacle, il réalise avec un temps de retard que la pression paraît diminuer, relâche progressivement son étreinte. Bientôt elle n'est même plus sensible, elle se fait oublier ; c'est en principe le signe qu'on est arrivés. C'est que sortis de l'attraction terrestre on vient de se mettre en orbite, que l'on flotte librement dans le silence de l'espace et que tout va bien. L'éléphant s'est évaporé. Le crabe se tient à peu près coi. Pourtant Meyer continue de faire le mort même s'il a sa conscience, même s'il continue de suivre le dialogue chiffré de Bégonhès avec la base qui, bientôt, s'interrompt ; puis il entend la voix de Blondel beaucoup plus proche dans son oreille froissée :

— Ça va ?

— Ça ira, broute Meyer en ouvrant un œil.

Blondel est penché par-dessus la couchette, l'air sévère et soucieux dans sa blouse, serrant la poignée d'un petit appareil à cristaux liquides connecté aux palpeurs. Ses yeux passent du visage de Meyer, décomposé derrière la vitre du scaphandre, à l'écran de l'appareil où valsent les paramètres. Vous avez eu quoi, une petite absence ?

— Rien du tout, dit Meyer en essayant de bouger un bras, ça ira parfaitement. Je peux enlever ça ?

Blondel l'aide à s'asseoir au bord de la couchette. Par la porte ouverte du cockpit entrent et sortent,

147

comme si de rien n'était, deux sous-fifres comporte-mentalistes. L'un rembobine le court métrage bleu projeté dans le hublot, l'autre aide Bégonhès à se défaire de son casque.

— Vous tenez de mieux en mieux, constate Blon-del en déboulonnant celui de Meyer, les rythmes sont encore meilleurs que vendredi. On va encore faire deux ou trois petites simulations comme ça, ensuite vous devriez supporter le départ tout à fait bien.

La dernière fixation défaite, Meyer soulève pe-samment son casque, avec l'effort de s'arracher la tête, mais un faux mouvement lui fait lâcher l'objet qui heurte son épaule en tombant, va rouler aux pieds d'un sous-fifre. L'homme ramasse le casque et l'examine avec réprobation.

— D'ailleurs c'est à peu près fini, maintenant, poursuit Blondel, vous ne passerez plus dans les machines. Reste un peu de parachute pour la forme. Vous avez déjà sauté, je crois.

— Dix fois dans ma jeunesse, arrondit Meyer.

— Parfait, dit Blondel. Il suffit d'une fois, c'est comme le vélo. Vous verrez Bégonhès, il saute comme il respire.

Le parachute, sans doute, est ce qu'on aura eu de mieux. D'abord on part en jeep au terrain d'aviation, puis on embarque à bord d'un Noratlas qui décolle aussitôt. L'appareil s'élève à la hauteur requise puis revient survoler une cible circulaire, à trois cents mètres de la piste, vaste cocarde tricolore aux tons très vifs de craie broyée posée sur l'herbe.

Pas chaud dans la soute du Noratlas, et l'instructeur de saut n'est pas très chaud non plus. A part pousser dans le dos les gens dans le vide quand l'avion passe au-dessus de la cible, on ne voit pas bien à quoi il sert. Meyer saute le premier, Bégonhès deux secondes après, le ventre de l'avion s'éloigne. Les deux hommes tombent à la même vitesse, d'abord ils se rapprochent puis se disjoignent et vont planer chacun de son côté, bras grand ouverts au milieu de l'air avant d'ouvrir leur toile chacun dans son coin de ciel.

Ils tirent au même instant sur la poignée du parachute, coup de frein dans l'éther, puis au-dessus d'eux vient s'épanouir une bulle de soie. Paix retrouvée, silence juste égratigné légèrement par le vent. La toile claque à peine au-dessus d'eux, telle une voile de dériveur léger. On se laisse descendre, on croise des volatiles, deux buses, un gypaète qui fond sur une charogne, une fois toute une bande de canards en V, Meyer manque d'être pris dans les ciseaux du V. Attelé par de larges bretelles, d'abord il se tient aux suspentes comme aux poignées d'un bus ; ensuite, plus détendu, croisant les bras sur le petit ventral de secours, il considère le monde à ses pieds.

Il aperçoit le plateau calcaire enserrant les bâtisses du camp d'entraînement, puis tout autour la plaine opulente, les fermes enracinées pompant l'humus fertile, les petits camions garés près des exploitations, les petits tracteurs manœuvrant dans les hectares de fleurs.

De si haut, tout d'abord, les couleurs des roseraies ne sont pas bien différenciées, mais plus on approche d'elles et plus leurs tons se précisent, des taches citron de Baby Masquerade aux Cupid rose pêche, aux pourpres Orphelines de Juillet, aux Botzaris immaculées. Les Vick's Caprice se distinguent de mieux en mieux des Rembrandt, on confond de moins en moins James Mason avec Mme René Coty. Puis toujours descendant vers elles on entre bientôt dans leur parfum, dans le mélange de tous leurs parfums, large colonne d'invisible fumée qui s'élève au-dessus de cet incendie de roses. Comme au cœur d'une eau tiède on plonge dans ce bloc d'odeurs enchevêtrées qui va se décomposer en foule de variations perlées, poivrées, de nuances graves ou lisses. Et selon qu'on préfère la myrrhe de la Splendens, la giroflée des Blush noisette ou la primevère de Félicité et Perpétue, selon qu'on souhaite au contraire éviter les forts effluves musqués de Mme Honoré Defresne, on se balance au bout de son parachute vers la couleur où naît l'arôme désiré, on vise le petit lot de rarissimes roses vertes, le carré de Baronne Henriette de Snoy, les rangs de Souvenir de Pierre Vibert ou le quinconce de Max Graf.

Bien sûr que l'on atteint rarement, dans ces conditions, la cible de craie. Mais puisque l'entraînement s'achève, fêtons cela par un bouquet final : Meyer, la plupart du temps, se laisse aller parmi les fleurs dont les buissons, crissements feutrés, lacèrent la soie de son parachute, une infinité de bas filent sur une infinité de jambes parfumées ; Bégonhès n'est pas beaucoup plus consciencieux. Leurs chutes au milieu des champs ne sont jamais trop mal accueillies, d'ailleurs, par les horticulteurs. Au contraire accourent aussitôt d'affables Portugais armés de pinces à épiler, qui extraient sans douleur les épines des parachutistes pendant qu'à l'autre bout du champ, depuis la fenêtre de son bureau, le planteur estime les dégâts. Sans les quitter des yeux, sans lâcher ses jumelles, il tend une main habituée vers le téléphone et compose par cœur le numéro de son assureur. Ainsi chaque arrivée parmi les roses est un plaisir pour tous, chacun sauf l'assureur trouve l'affaire excellente. On sympathise avec les Portugais, on leur dit les trois mots qu'on sait de portugais, on plaisante avec eux puis tant bien que mal on replie les parachutes avant de rentrer. Les Portugais donnent un coup de main, vous raccompagnent un bout de

151

chemin, puis, comme on passe devant leur petit logement de saisonniers, les Portugais suggèrent qu'on entre boire un coup ; on ne dit pas non.

Assez gais trois quarts d'heure après, on retourne à pied vers l'aérodrome proche, c'est juste la route à traverser. D'aussi loin qu'on aperçoit la cible, on voit Blondel debout juste au milieu, droit comme une fléchette dans le petit rond rouge. Blondel paraît attendre, on est un peu inquiets, on ne se dit rien mais on se demande s'il ne va pas gueuler. Pas du tout. Blondel a plutôt l'air content. Lui-même a planté dans sa boutonnière une petite Deuil de Paul Fontaine chinée dans laquelle plonge son nez. C'est exquis, déclare-t-il, ça sent exactement le paquet de thé qu'on vient d'ouvrir. On part demain.

22

Meyer, la Guyane, à première vue ça ne l'emballe pas tellement, qui ne voit là qu'une langue de terre moite et pourrie de parasites, baignée de fièvres et de militaires pleins de bière. Pour faire décoller nos fusées, que ne choisit-on un coin plus aéré, plus frais, tout aussi français, Saint-Pierre-et-Miquelon par exemple ? Question de pognon, répondit Blondel, vous savez bien. Pas la peine de chercher plus loin. Plus proche on se trouve de l'équateur, plus vite on sort de l'attraction terrestre et moins ça coûte en carburant. De toute façon, rappela Bégonhès, les militaires pleins de bière s'adaptent aussi très bien au froid.

Assis près de Meyer, Bégonhès feuilletait des listings et des instructions de vol confiés par Blondel avant de partir. Blottie sous le siège en face de lui, Meyer avisa une brochure oubliée par un précédent passager, appendice de données balistiques au mode

153

d'emploi d'un engin sol-sol. Et question filles ça n'est pas près de s'arranger, sourit posément Bégonhès.

Sur ce point en effet nulle amélioration. Pas d'hôtesses à bord de ce nouvel avion, un Lockheed C-130 Hercules de l'armée, pas de champagne rose ni de film en huit langues, nul fauteuil inclinable ni loupiote orientable, ni plateau-repas classe affaires avec menu quadrichromique, rien. Juste le gros bruit de moteur de l'Hercules et huit sièges boulonnés par deux au fond de la carlingue sous une lumière crue, derrière des piles de containers pictographiés au pochoir, juste un appelé goguenard dans son treillis, manches retroussées au-dessus des coudes, qui déposait sans grâce une ration militaire sur les genoux de Meyer, pâte de fruit énergétique au dessert.

L'ennui pointant bientôt son nez cendreux, l'appelé leur fournit trente-deux cartes marquées au dos d'une publicité pour le pastis Granier, que Meyer battit en cadence. Merci, je ne joue pas, fit Blondel après que le civil eut aussi décliné d'un pâle signe de tête, je n'entends rien aux cartes. Vous n'êtes pas chic, dit Bégonhès, à deux c'est toujours moins intéressant. Ça vous dit, Louis, qu'on intéresse un peu la partie ? Je le trouve pâlichon, Molino, vous ne trouvez pas ?

Bégonhès perdrait trois cents francs avant de laisser tomber puis de s'assoupir, cassé sur son siège.

Meyer l'imita peu après, seul Blondel continua de consulter ses dossiers de l'autre côté de la travée : confondu par une telle puissance de travail, Dakota répandu contre lui haletait sans discontinuer, son long museau bâillant comme une moule cuite, scrutant passionnément son maître en laissant pendre une étroite langue jaunâtre et sèche sur un côté. Seul sur un siège derrière eux, le civil pressait un mouchoir sur ses lèvres.

Dix heures passèrent, interminables, à se rendormir et se réveiller, parfois dans le graillon de la ration suivante, patience dans la torpeur, visages déshabillés, on se parle de moins en moins, sans un sourire on se passe le sachet de sel. On haussa de lourdes paupières pendant l'escale technique à Fort-de-France, palmiers dans les hublots, sûrement beaucoup trop chaud, pas le temps de voir grand-chose de toute façon, Meyer ne quitterait pas son siège. Descendu se dégourdir un peu sur le tarmac, Bégonhès reparut en nage dans l'appareil. Particulièrement chaud en effet, confirma-t-il. On va morfler. On repartit.

23

Une heure plus tard, je les attendais au bas de l'échelle de coupée. DeMilo, s'exclama Blondel, c'est vraiment gentil d'être passé nous prendre. Il me présenta Meyer et Molino, dont j'avais entendu parler, pas très causants ni l'un ni l'autre. Après quoi Bégonhès et moi nous congratulâmes.

J'ai pratiquement le même âge que Bégonhès. Je porte une moustache comme lui, qui ne la taille pas comme moi. Même formation, même expérience, à peu près les mêmes qualifications. Tous deux pilotes éprouvés de chasse et d'essais. Lui commandant d'escadrille et moi chef de patrouille, diplômés la même année de l'Empire Test Pilot's School et trois mille heures de vol chacun. Mais je sais que je fais plus jeune.

Je souris, détendu, leur désignant le minibus blanc, je leur souriais de tout mon émail sous le soleil de plomb. Je m'obstine à cultiver cette apparence californienne de célibataire bronzé — de sorte qu'on me soupçonne de mener dans le civil, je le sais, loin de l'espace intersidéral, une vie de plages, de filles, de bars, peut-être même de posséder une décapotable rouge, garée pleine de filles devant le bar de la plage. Pourquoi pas.

Bégonhès et moi, dans le minibus, continuâmes d'être contents de nous retrouver. Nous traversions une étendue verte et plane, mouillée de marécages sous le ciel bleu électrique, nous rejoignîmes bientôt la route de Sinnamary. Le bus vira vers la première entrée du cosmodrome dès que parurent les bâtiments administratifs ; au-delà, dispersées vers la mangrove, se trouvaient les résidences des personnels volants.

Le bungalow alloué à Louis Meyer rappelait assez celui qu'il occupait au camp d'entraînement, sous-titré en version tropicale par l'air conditionné, les moustiquaires et les ventilateurs d'appoint. Meyer s'étendit sans trouver le sommeil, se releva pour aller regarder par les fenêtres. Végétation compacte, peu variée : de grandes palmes acérées, carcasses d'éventails géants, formaient jusqu'à mi-cuisse un buissonnement dru. Au-dessus, quelques arbustes à peine plus grands qu'un homme voûté, variétés locales de chênes-verts, laissaient retomber leur branchage maigre encombré de lichens parasites, de mousses

157

d'Espagne aux cils grisâtres. Le silence pesait avec la chaleur, de temps en temps froissé par le passage d'animaux invisibles au fond du tapis, petits ou moyens animaux, parfois même au son paraissant assez gros. Tatous, tapirs et tamanoirs, pécaris et packs dont les furtives détentes, dans le ventre végétal, sonnaient à la manière des ondes péristaltiques, comme des nœuds d'élastiques brusquement défaits. Meyer dormait enfin, deux heures après, quand Blondel vint frapper à sa porte. Les expériences, dit-il, tous les dispositifs sont prêts. Vous pourriez commencer d'inspecter, si vous vous sentez.

Toujours un peu les mêmes expériences, les mêmes protocoles convenus, formation du nylon, respiration du melon, tout ça. L'attraction du vol, cette fois-ci, serait la tête fantôme, chargée d'éprouver la pénétration des rayons cosmiques dans l'os. Tête de femme authentique au demeurant, crâne réel légué à la science par son usufruitière, bourré d'appareils beaucoup plus forts qu'elle et recouvert d'un film d'épiderme de synthèse. Combien de chances sur mille pour que Meyer eût rencontré cette femme de son vivant, se demanda-t-il rapidement, quelle probabilité couché avec ? Puis il passa en revue les animaux qu'on allait embarquer, faune bas de gamme et bien moins exotique, bien sûr, que celle de la mangrove. Aux initiales méduses et pintades du

Japon seraient finalement adjoints trois poignées d'asticots bleus et rouges avec une araignée, plus d'autres petites bêtes prévues pour nourrir ce cheptel. L'un des rats, maniaco-dépressif, donnait un peu de mal aux psychophysiologistes. S'il flanche, comment lui dégoter un remplaçant ? Blondel, plaisamment, proposa Dakota. A ses pieds, à cette perspective, la bête immonde glapit de plaisir. Meyer écœuré vit frémir la moustache de Bégonhès. Moi-même je souris moins. Titov, pensai-je.

On s'était retrouvés le soir sur la terrasse du bungalow de Blondel, vêtus de légères combinaisons d'acrylique zinzolin fluorescent piquées de badges, de laissez-passer. Le soleil allait se coucher. Ce dîner léger dans ce pyjama léger donnait une impression de convalescence, de réfectoire dans un sanatorium de brousse. Comme on ne s'occuperait strictement, d'abord, que de technique, le civil s'était excusé. Blondel fit un premier point des manipulations, de la réparation de l'engin Cosmo, des plans de déploiement des trois satellites. On approfondirait cela demain, dès l'arrivée du docteur Blanche, biologiste prévu pour superviser les expériences avec Meyer. Bon. Vous voulez voir l'avion ? Je veux, dit Bégonhès.

La jeep fonçait ensuite vers l'ensemble de lancement, longeant les stations de contrôle et de météo, les bâtiments de préparation des charges utiles. Tout autour s'étendait toujours la même surface horizontale verte, rase, excavée parfois de trous monstrueux, ailleurs hérissée de squelettes de constructions en train. Sous la lune on roulait à bonne allure, l'air tiède lustrait la calvitie de Blondel et pochait les combinaisons. Bientôt, dans l'air foncé, une fois dépassés la piscine d'hydrogène et le malaxeur de propergols, les silhouettes du mât ombilical et de la tour de servitude se dessinèrent au loin, puis on dut encore franchir trois contrôles avant d'accéder au pas de tir. Là, suspendu à la superstructure et bardé de trois réservoirs oblongs, haut comme une cathédrale fortifiée de minarets, l'avion spatial nous attendait.

L'heure étant aux essais de propulsion, des nuées opaques joufflues bouillonnaient à la base du montage, des faisceaux de projecteurs livides se matérialisaient comme de gros bâtons de craie dans la fumée de combustion. Grondements, vibrations, fumerolles. L'avion, triangle isocèle blanc, se trouvait accroché au réservoir géant, peint en vert pâle et flanqué des deux boosters rose clair : pointus à leur extrémité, l'orbiteur et ses trois propulseurs étaient serrés dans neuf étages de réseau tubulaire, compact échafaudage de poutrelles. Sur les plates-formes de cette structure, sous la clameur des réacteurs testés, fourmillaient les ouvriers spécialisés casqués, vêtus de leurs combinaisons jaune d'or, assourdis par leurs tampons d'isolation phonique. Blondel nous distribua quelques tampons pendant que nous admirions, tête renversée comme au pied d'une tour, le dispositif qui mugit encore un moment puis se tut paresseusement pour laisser place aux ordres indistincts, très haut, dans les talkies-walkies, aux injonctions brouillées qui rebondissaient de plate-forme en plate-forme. Bégonhès voulait monter voir mais non, dit Blondel, pas maintenant, quelques aménagements faisaient encore défaut dans le pont intermédiaire. Autant visiter l'ensemble fini, quand tout le monde serait là, demain matin.

Dernier verre au bar des Palmistes avant d'aller se coucher, conversation calme, pas mal de monde en terrasse. Bégonhès rêveur ne disait pas grand-chose. Comme je trouvais les couleurs des boosters un petit peu layette, j'en fis état. Il ne va pas nous vomir tout le temps dessus, Molino, m'inquiétai-je ensuite. Pas d'angoisse, dit Blondel, on va l'appareiller. Meyer aussi rêvassait dans son fauteuil, tirant à petites gorgées sur un fond de punch, perméable aux voix environnantes, aux rires autour des tables proches, aux bouffées de variétés internationales qui allaient et venaient comme des écharpes balancées dans l'air poisseux, qui vont et viennent à présent partout,

161

dans les supermarchés, sous les palétuviers, dans les igloos.

Seul Blondel était assez disert, jamais désagréable de l'écouter bien que, sur cette histoire de peur, ne commençait-il pas à se répéter un peu ? Puis il parla de la vanité de tout ça, du prix de tout ça. Il exposa de nouveau comme il est difficile de financer une telle opération, de trouver des fonds du côté des firmes, des laboratoires, sans parler des budgets marginaux, par exemple ces petits contrats qu'il avait pu signer avec les télévisions. A propos, DeMilo, fit-il, vous avez pensé au relais sur Hawaï ? Tout est prêt, répondis-je. Au-dessous de la table, en plein accès satyriasique, Dakota s'était jeté sur le dos, frémissant ventre offert et pattes repliées, baisez-moi baisez-moi s'il vous plaît, je le repoussai du bout de mon soulier.

Meyer n'avait pas peur le lendemain matin, toujours pas peur et l'on roulait encore vers le pas de tir. Le civil avait pris place à l'arrière de la jeep, comme les autres en combinaison de vol et casquette assortie. Un peu trop grande pour lui, sa casquette souhaitait quelquefois s'envoler pendant le trajet, la visière battant de l'aile dans l'air chaud. Nous nous arrêtions, faisions marche arrière, je sautais souplement par-dessus la portière sur la pointe de mes bottes en nylon, j'allais récupérer le couvre-chef de Molino dans les fossés grouillants de rampants, puis on

162

repartait. Nous rejoignîmes enfin le portique de servitude, au pied du vaisseau, roulâmes vers un petit parking délimité par des rubans de plastique où paraissait attendre l'ingénieur Poecile, chemisette et léger casque gris, soucieux sourcils également gris. Sans un regard pour nous autres il s'adressa tout de suite à Blondel qui tirait le frein à main, coupait le contact. Le docteur Blanche n'est pas avec vous ?

— Ma foi non, répondit Blondel, je croyais que le docteur nous retrouverait ici.

— Sa voiture n'est pas là, en tout cas, s'énerva Poecile en inspectant le parking puis sa montre. Tout ça nous retarde.

— On va l'attendre en haut, décida Blondel. Montons.

Il désigna l'entrée du monte-charge, vaste et profond coffre d'acier : on s'y engouffra. Blondel entré le dernier précisa que nous n'allions pas visiter l'orbiteur tout de suite, on s'arrêterait d'abord en chemin pour examiner le système de verrouillage des propulseurs. L'ascenseur s'éleva très lentement puis freina très lentement, à mi-hauteur de l'échafaudage. On sortit en silence sur la plate-forme ceignant l'avion, déjà l'on se trouvait très haut, très loin du sol.

Un vent nerveux balayait la passerelle, un de ces petits vents hargneux qui souffrent de ne pas faire autant de dégâts qu'ils le voudraient, qui aimeraient endommager plus gravement les choses, les hommes accrochés à la terre — un de ces petits vents teigneux qui se vengent dès qu'on s'élève un peu, qui essayent de vous déséquilibrer par gifles sèches, coupantes, pernicieusement portées au-dessous de la ceinture ou dans les yeux. Même Bégonhès et moi, peu sujets au vertige, nous tînmes à la rambarde en évitant de regarder en bas. Le civil, bien sûr, avait aussitôt choisi d'étreindre éperdument un des piliers de la plate-forme, désespérément comme sa mère. Seul Blondel, sans se retenir à quoi que ce fût, se penchait pour admirer le monde. Saisissant le bras de Meyer, il lui fit faire le tour de la passerelle en désignant les organes d'arrimage, puis de largage, du réservoir et des pétards d'appoint. La carlingue de l'orbiteur dénotait qu'il n'était plus tout jeune : sa surface était constellée de raccords de peinture, de petits cratères dus aux impacts dont elle avait été l'objet, la plupart émanant de sa rencontre, pendant ses précédentes missions, avec divers débris d'engins spatiaux. Blondel se repencha vers le vide après cette inspection, deux mèches blanches voletaient sur ses tempes :

— Ah, fit-il, je crois que c'est la voiture du docteur qui arrive. Je la vois. Vous la voyez ?

— Oui, confirma Poecile après un coup d'œil prudent. C'est elle.

164

— Renvoyez-lui le monte-charge, dit Blondel. On va l'attendre ici.

L'ascenseur repartit aussi lentement qu'il était venu. Le civil n'avait pas bougé de son pilier, l'étreignant toujours éperdument, un fil de salive acide dégouttait d'un coin de sa bouche vers la pointe du menton. Pendant que Bégonhès observait avec moi le nouveau procédé de rivetage des boosters, Meyer leva les yeux vers le ventre de l'avion, revêtu comme ses ailes et son nez d'une mosaïque de tuiles en céramique, luisante et grenue comme un abdomen de lézard. Distraitement il prêtait l'oreille au mécanisme liftier peu pressé — déclic : les câbles s'immobilisent ; nouveau déclic : ils se rembobinent dans l'autre sens.

Dernier déclic : un voyant rouge venait de s'allumer au-dessus des portes coulissantes qui commencèrent, toujours aussi lentement, de s'éloigner l'une de l'autre. Meyer vit Blondel se fendre d'un sourire confit, se détacher de la rambarde et se diriger vers l'ascenseur, suivi de Bégonhès et de moi-même également ravis de retrouver le docteur. Molino livide, l'œil révulsé, semblait tâcher de se décoller de son pilier. Poecile souriait aussi, jetant un coup d'œil indulgent sur sa montre et les rejoignant, bouchant la perspective de la cabine à Meyer. Lequel, à son tour, finit par avancer vers l'entrée du monte-charge, d'abord masquée par les omoplates larges de Bégon-

165

hès. Celui-ci s'étant poussé, Meyer se retrouva juste en face d'une jeune femme. C'est inattendu. On ne l'avait pas prévenu.

Tellement inattendu qu'il ne la reconnaît pas tout de suite, cette jeune femme qui ouvre des yeux surpris, puis qui porte un regard incertain sur lui pendant que Blondel les présente l'un à l'autre :

— Lucie, c'est Louis Meyer dont je vous ai parlé, je crois. Meyer, voici le docteur Blanche.

— Mercedes, articule Meyer.

— Je vous demande pardon ? fait Blondel.

24

Il y a comme ça des femmes qu'on ne retrouve que dans les ascenseurs. Il y a des hommes aussi, comme le civil, qui m'ont tout l'air d'intéresser ce genre de femmes, pense Meyer dans la jeep du retour. Ça ne me regarde pas, mais j'aimerais bien savoir ce qu'elles peuvent lui trouver. A côté d'un beau type comme moi, se précise sa pensée pendant qu'un peu plus tard, au déjeuner, il crève un cœur de palmier.

Retour du pas de tir, au mess de première classe du cosmodrome, Meyer a pris place en coin de table, Bégonhès à sa gauche roule une boulette de mie, de plus en plus sphérique et grise entre ses doigts. Je me suis installé en face d'eux, près de Blondel abstrait dans ses pensées, son ratier vautré sur ses genoux : j'écoute Poecile, qui a conservé son casque pour manger, décrire le déploiement prévu du satellite-espion. Rendue parfaitement ronde et noire, la boulette finit par rouler sur le sol, Dakota se rue à sa poursuite dans les pieds du civil et du docteur, installés côte à côte dans un angle mort à gauche de Bégonhès. Molino, semble-t-il, baratine sourdement Mercedes qui répond sur le même registre et qu'il va bien falloir, maintenant, cesser d'appeler comme ça. Leurs propos ne sont pas distincts. Coincé entre Blondel et Bégonhès mutiques, Meyer se récite Lucie Blanche Lucie Blanche Lucie Blanche pour s'habituer à cette nouvelle identité, dans le battement de pompe soufflée du gros ventilateur.

Si la jeune femme, en sortant de l'ascenseur, n'avait semblé qu'à peine identifier Meyer, ensuite elle paraissait vouloir de moins en moins le reconnaître. Voilà, s'était-il dit, voilà qu'elle recommence comme dans le Midi. Ils n'avaient pas échangé un mot pendant la visite de l'orbiteur. Elle s'était maintenue à distance de Meyer qui affichait, de son côté, un extrême intérêt aux moindres détails d'aménagement de la capsule — sans rien comprendre pour autant, bouleversée qu'était sa pensée, aux explications de Poecile. Mais d'abord, l'ascenseur advenu au dernier étage, Blondel s'était fendu d'un bref discours au seuil du sas, freinant le mouvement du groupe avant de pénétrer dans l'avion spatial.

— Votre indulgence, avait-il invoqué, je vous préviens que tout n'est pas complètement impeccable. C'est un appareil, vous le savez, qui a déjà servi.

On nous le prête très gentiment mais nous n'avons pas pu, malheureusement, tout remettre à neuf. Je fais appel à votre compréhension.

L'équipage fronçant un sourcil, Blondel avait nuancé le propos. Bien sûr on avait repris toute l'infrastructure du vaisseau, remis à neuf l'isolation, testé les circuits, soigneusement révisé les quarante-cinq moteurs, les vingt-trois antennes et les cinq ordinateurs de bord, aucun problème à cet égard. Les dispositifs de sécurité avaient également fait l'objet, bien sûr, d'une attention particulière, là non plus rien à craindre. Mais enfin bon, on avait manqué de temps pour faire vraiment tout le ménage à fond. C'est qu'on était un peu pressé, n'est-ce pas, l'alignement de planètes favorable au départ ne s'éterniserait pas, la fenêtre météo ne resterait ouverte qu'une vingtaine d'heures. Naturellement le plus gros était fait mais les vitres, par exemple, vous allez voir que ce n'est pas tout à fait ça. Si vous voulez bien me suivre. Lucie.

Meyer loin de Lucie, que Molino tout de suite serrait de près, on était entrés dans l'avion par le pont supérieur, premier niveau regroupant les postes centraux de contrôle et de pilotage, les principaux instruments de navigation. A peu près comme dans le simulateur mais en double commande : deux fauteuils faisaient face à deux tableaux de bord,

169

écrans et caméras du circuit fermé, vastes consoles
bonbonnières avec tous les parfums de clignotants.
Aussitôt je gagnai, à droite, la place aux commandes
qui me serait attribuée. J'inspectai le dispositif par
petits gestes sûrs, soigneusement négligés, repoussant distraitement un curseur, testant du bout des
doigts l'accessibilité d'une clef, échangeant trois mots
réticents avec Bégonhès qui venait de s'asseoir aussi,
sur le fauteuil de gauche. Les autres un moment nous
avaient regardés, puis Blondel avait proposé de
visiter le niveau suivant.

Toujours à bonne distance de Lucie Blanche et du
civil dans son sillage, Meyer préféra s'attarder avec
nous jusqu'à ce que Bégonhès se fût levé, non sans
une petite moue. Enfin ça ira quand même, grom-
mela-t-il, on va tâcher de faire aller. Sur le même ton
je haussai les épaules, sans autre commentaire nous
rejoignîmes les autres au pont intermédiaire. C'est là
qu'on habiterait.

— Vous avez les couchettes là, désignait Blondel,
et puis là vous avez la douche. Vous avez deux, non,
vous avez trois placards ici, vous voyez qu'ils sont
assez profonds. Vous voyez qu'ils sont très accessibles. Bien. Alors ici c'est la cuisine, avec tous les
produits qui sont là.

Tout l'intérieur de l'habitacle était enguirlandé de
boucles adhésives et de bandes Velcro, points d'an-

crage permettant de fixer toutes les choses, les conserves et les caméras, les documents et les personnes — points sans lesquels, en apesanteur, les stylobilles pressurisés s'échapperaient sans rien vouloir écrire, les brosses fuiraient devant les cheveux et les dents. Blondel fit aussi voir, stockés sur un côté du pont intermédiaire, les petits coffres *Get Away Special* contenant des matériels d'expériences autonomes. Et puis enfin vous avez là, dit-il, pardon, l'aire d'aisance et de traitement des détritus.

— Les goguenots, traduisit Bégonhès en entrouvrant leur porte. Voir s'il y aurait des graffiti.

Quelques-uns s'y trouvaient en effet, dont on remit la lecture à plus tard. D'ailleurs d'autres indices dans les coins, taches alimentaires discrètes ou traces de doigts, dénotaient qu'on n'avait en effet lessivé que le gros de l'habitacle, sans effacer les dates et signatures au feutre au-dessus des couchettes, sans ôter les autocollants. Même la fiancée d'un pilote précédent se trouvait encore coincée près de l'indicateur d'angle de rentrée atmosphérique, sous un aimant décoratif imitant l'emballage du bubble-gum Dentyne. Quand même ils auraient pu faire les vitres, avait récriminé le civil du bout des lèvres.

— Pas facile, dit Blondel, en orbite c'est le métal qui dégaze. Tout ça se condense sur les carreaux, c'est autre chose que de la vapeur d'eau. Toute une affaire pour nettoyer. Mais ça ne devrait pas vous gêner. Sinon, bien sûr, il faudrait voir ce que vous pourrez faire vous-mêmes en vol, vous avez les produits qui sont ici.

Quittant le pont intermédiaire, on visita la soute de l'avion. Les satellites qu'on devrait déployer n'y étaient pas encore installés, mais le scooter spatial permettant de quitter l'orbiteur se trouvait déjà garé dans le fond, cadenassé à un pilastre comme la première Vespa venue, sur un trottoir, à un panneau indicateur. Equipé d'une vingtaine de petits moteurs-fusées à gaz comprimé, on userait du scooter pour d'éventuelles sorties extravéhiculaires, notamment pour la réparation de l'engin Cosmo.

Puis comme on repassait, avant de quitter le vaisseau, par le pont intermédiaire, Blondel fit un petit rappel théorique. L'absence de gravité, en vol, abolirait tout effort, toute résistance, les choses joueraient librement entre elles. Les vertèbres, ainsi, ne pèseraient plus l'une sur l'autre, prendraient leurs distances et nous feraient revenir de l'espace un peu plus grands que nous serions partis. Désignant donc les deux appareils d'entraînement, le vélo fixe et le tapis roulant :

— Indispensables, prescrivit-il. Une demi-heure de chaque par jour. Sinon vos muscles deviendraient

172

tout mous, en trois jours vous auriez des jambes de poulet.

Dans l'ascenseur, derrière Lucie Blanche, le civil ricanait encore alors que nous échangions nos impressions pendant la descente. Et puis au rez-de-chaussée, comme les portes s'ouvraient, une série d'éclairs jaillit brusquement de l'extérieur jour, cinq ou six éclairs en même temps. Tous reculâmes d'un pas. Mais ce n'est rien, dit Blondel, des photographes, voyons. Des photographes. Prenez la pose. On part dans une semaine, quand même. Normal qu'ils préparent l'événement.

Mais fini le temps des audiences mondiales, fini les grandes premières, les nuits blanches planétaires devant la télévision, fini votre souriant visage dépassant du scaphandre en couverture des magazines, en timbre-poste, en porte-clefs, terminé les portraits officiels. Tout le monde s'en fout, maintenant. Nul envoyé spécial n'est venu de loin, les photographes à la porte de l'ascenseur n'émargent qu'à des feuilles très locales, certains d'entre eux ne sont que stagiaires. Tant pis, quand même on avait pris la pose, chacun selon ses moyens prit le maintien du spationaute : Bégonhès à la russe, sourire dégagé derrière les oreilles et tricot de corps à mailles larges sous la tenue, souriant et sain, alors que je soignais mon allure plus américaine, plus souple et détendu dans

173

mon T-shirt, non moins souriant et sain mais portant mieux la tenue. Poecile avait encore gardé son casque et Blondel ses lunettes, le civil s'efforçait de reproduire l'affiche de sa dernière campagne aux cantonales. Un instant, dit le docteur, j'ai le temps de me remettre un peu de rouge ?

Le docteur, Meyer réussirait quand même à le coincer trois secondes presque seul à seul avant que l'on quitte le pas de tir, comme nous reculions une dernière fois, main en visière et nez levé, l'œil clignant vers la cime du système. Lui s'était rapproché d'elle en écrevisse : je suis ravi de vous revoir, déclarait-il tout simplement d'un trait. Pas très original, mais le cœur y était. Or comme pour toute réponse on lui reservait une petite tranche de sourire glacé, rafraîchissante spécialité du Dr Blanche, une heure plus tard, au mess de première classe, Meyer assez vexé prendrait place le plus loin possible, à l'autre bout de la table.

25

On s'entraînerait encore un peu les quatre jours suivants, puis soixante-douze heures avant la mise à feu Blondel mit tout le monde au repos complet, en milieu aseptique, à l'abri des journalistes stagiaires et des moustiques. On se prépara dans le détail. Dans certains ateliers, de petites mains spécialisées finissaient de coudre sur nos combinaisons les innombrables poches destinées à contenir crayons et canifs, lampes, calculatrices, gants, lunettes noires et tablettes nutritives, toute sorte de monnaies étrangères et passeports couverts de visas, prévus pour le cas où, suite à un arrêt sur ennui mécanique, nous nous verrions contraints d'atterrir n'importe où. D'autres finisseuses brodaient sur ces poches des logos de firmes parrainant le vol — Uniroyal, Matra, L'air liquide et La vie claire, un gros groupe d'assurances maritimes, une marque de yaourts au bifidus actif. Plus rien à faire pour nous sinon, l'avant-veille du départ, une visite de routine au bloc sanitaire.

Prolongée par un couloir nickelé, la salle d'attente du bloc était exagérément propre et carrelée de blanc, meublée de chaises tubulaires chromées, de vitre et de céramique imputrescibles dans l'air conditionné, rien qui dépassât, tout étincelant comme neuf. Affalées sur un présentoir, une brassée de revues froissées, de périodiques déchiquetés, rappelait que le monde est biodégradable. Monde parfois traversé dans le plus grand silence par quelque infirmière immaculée, rédemptrice dans l'encens du désinfectant. L'œil automatique de Meyer suivait alors le pli d'une blouse ou la marge de manœuvre d'un bouton-pression, veillant aux illusions des sous-vêtements, aux allusions à leur absence.

Parmi les périodiques un très vieil Express, deux USA Today, un Terre-Air-Mer ainsi qu'un Paris-Match du mois dernier, numéro spécial titré *Marseille : l'adieu* comprenant des clichés de convois funéraires. Meyer feuilleta celui-ci, croyant reconnaître une devanture sur le trajet d'un des convois, devanture entrevue dans la poussière opaque comme il venait de quitter le centre commercial en compagnie de Mercedes. Il referma le magazine quand je parus au fond du couloir, réglant un des poignets de

176

ma combinaison. C'est à vous, Louis, dis-je, c'est juste une formalité. C'est au 6.

Meyer avait suivi le couloir, se frappant doucement la paume de la main gauche à coups de Paris-Match roulé dans la droite. Cela ne répondait pas tout de suite quand il eut frappé sous le 6 en métal doré, donc il frappa de nouveau puis il ouvrit la porte, découvrant Lucie Blanche en train d'écrire derrière une table. C'était encore assez inattendu. Une fois encore on ne l'avait pas prévenu. Piégé, Meyer.

Elle avait levé les yeux vers lui, poussant de fines lunettes au bout de son nez pour le regarder entrer. Ayant changé sa tenue d'entraînement pour un ensemble d'été, elle avait l'air de passage au bureau pendant les vacances — juste je règle un petit truc et je repars à la plage. Elle désignait le siège de l'autre côté de la table, Meyer considéra ce fauteuil comme s'il était garni de mâchoires d'acier chromé, tendues à fond pour se refermer sur lui; il hésitait. Un lit d'examen derrière lui, un présentoir d'ustensiles médicaux dans des raviers de métal terne lui faisaient froid dans le dos.

— C'est le dernier petit bilan, ça ira vite. Je prends votre dossier, vous ne voulez pas vous asseoir ?

Elle s'était penchée vers une tablette, tenant ses

lunettes d'une main pour feuilleter les dossiers de l'équipage, Meyer très embêté préférait ne pas regarder. Alors comment ça va ? dit-elle ensuite comme on dit ça vingt fois par jour, d'un ton guère plus appuyé. Pas mal, répondit-il, pas mal. Puis les questions d'usage sur le sommeil et la circulation, la digestion, toujours un peu désolant d'aborder ces questions devant les dames. Pas de perte d'appétit ni de mémoire ? Non, dit Meyer. Pas de petits malaises de temps en temps ? Si, pense Meyer. Hôtel Nègre-Welcome. Eyzin-Pinet. Quand même elle pourrait se rappeler. Mais il répond non. Rien à signaler.

— Parfait, dit-elle, on va voir ça. Vous vous allongez là, je vais vous demander d'enlever votre chemise si ça ne vous. Voilà.

Le sang de Meyer inquiet tournait à toute allure pendant que sans grâce il se déboutonnait. Ça bat peut-être un peu vite, diagnostiqua-t-elle en effet, parlant dans le stéthoscope au-dessus de son torse nu, mais le rythme est bon. Je vous ausculte un petit peu, là. Oui, dit-il. Mais détendez-vous, vous êtes complètement noué. Pardon, fit Meyer mort de peur qu'elle lui suggère ensuite d'ouvrir sa ceinture, histoire d'aller pêcher le ganglion dans l'aine. Mais non, rien de tel. Et là, appuya-t-elle doucement, je fais mal ? Je ne crois pas, dit Meyer. Il se rhabilla pendant qu'elle notait trois mots dans le dossier, avant de le précéder vers la porte.

— C'est bien, dit-elle en souriant impersonnellement, tout ira bien. A demain.

Oui, dit encore Meyer qui se retrouve seul dans le couloir désert mais qui ne s'éloigne pas, qui marque un temps d'arrêt, sourcils froncés comme s'il essayait de comprendre une chose, de se rappeler une chose au bout de sa langue. Puis il inspire profondément, fait demi-tour vers la porte et la rouvre : excusez-moi, dit-il d'une voix médiocrement assurée, une seconde. Je crois que j'ai oublié un journal.

Elle se retourne, elle regardait par la fenêtre, on dirait qu'elle n'a pas tout à fait le même visage, une ligne grise un peu triste défile doucement dans son regard. Bien sûr, dit-elle doucement, je vous en prie. Mais au lieu de rafler le journal en vitesse et de filer, Meyer referme d'abord la porte avec soin. Une ligne plus inquiète, plus verte, passe un peu plus vite dans les yeux de Lucie Blanche quand Meyer pose le magazine sur le bureau, le feuillette avec méthode puis le fait glisser vers elle ouvert sur une photo, pleine double page centrale, représentant le centre commercial grouillant de sauveteurs. On conçoit ce qu'il veut faire, on comprend son projet. Mais on voit bien aussi qu'il est ému, le pauvre vieux, pas moyen de finir une phrase sur deux :

— Vous ne vous souvenez pas de ça, fait-il, vous ne ? Pourquoi vous ne me, pourquoi vous faites comme si je ne, comme si on se ?

C'est risqué.

26

C'est risqué, parce qu'après tout pourquoi se plaindre, et d'abord que lui reprocher. Au nom de quoi. Tout le monde a le droit d'être froid. Qu'une même terre tremble sous nos pieds n'implique en rien l'intimité. Mais c'est aussi que Meyer est assez vexé. Toujours aussi très énervé, semble-t-il : je ne voudrais pas que vous n'ayez pas, s'efforce-t-il ainsi de développer, mais je me demande ce que je.

Laisse tomber, Louis. Meyer se tait. Comme la jeune femme ne répond pas tout de suite, on n'entend plus que le souffle de l'air conditionné, dehors à peine le cri d'un geai. En trois secondes de silence à peine, Meyer a le temps de s'objecter que c'est idiot ce qu'il fait, que cela peut tourner mal, qu'un rien vous casse l'ambiance dans un vol spatial et qu'il serait fâcheux de compromettre la mission ; oui mais aussi je m'en fous, se répond-il avec force, on ne me traite pas comme ça, je suis énervé, je suis vexé, et puis qu'elle ne me fasse pas le coup de prendre ça pour un signe clinique, un symptôme ou que sais-je, tu ne vois pas qu'elle me mette au Tranxène, elle me déclare inapte au vol orbital et j'ai l'air fin ; mais je m'en fous, réitère-t-il avec un peu moins de force. Tout cela en trois secondes. Puis Lucie tombe en larmes dans ses bras. Bien sûr, c'est la seule chose à faire, se dit Meyer froidement, c'est la meilleure conduite à tenir. Mais moi qu'est-ce que je fais, maintenant.

— Allons, dit-il, voyons. Asseyez-vous là.

Pleurs d'assez brève durée. Puis assise au bord du lit d'examen, sans plus se faire prier, la jeune femme raconte son histoire, une simple histoire comme il s'en passe entre les gens tout le temps : Lucie voulait voir Paul sans que Charles-Henri soit au courant.

Lucie voulait passer deux jours à Marseille avec Paul, juste une petite éclipse incognito pour le rejoindre, l'aller-retour en douce dans le week-end sans prévenir. Meyer, tout de suite envieux, voit bien le tableau. Mais les circonstances compliquent l'escapade : d'abord l'auto qui flambe ensuite la terre qui tremble sont des choses qui se remarquent, qui risquent de compromettre la discrétion de l'entreprise, menacent de la pousser hors du champ de l'inaperçu.

Je vois très bien le film, pense Meyer : *Enfer ou*

ciel, qu'importe, une production très chère, vingt-cinq semaines de tournage, nombreux décors et foules de figurants, beaucoup d'effets spéciaux, son Dolby-stéréo, *starring* Lucie Blanche *as* Mercedes, *featuring* Lou Meyer dans le rôle du témoin gênant.

Si vous avez raté le début :

Redoutant que Charles-Henri apprenne ce voyage à Marseille, et comprenne aussitôt sa liaison avec Paul, Lucie ne voit en Lou Meyer qu'un spectateur compromettant de son aventure. Elle tient donc Lou très à distance, évite avec lui toute intimité, coupe court aux confidences, étouffe dans l'œuf la moindre velléité de rendez-vous jusqu'à la scène de la rue Cortambert, cette dernière entièrement reconstituée en studio. On retrouve ensuite, et c'est un des meilleurs moments du film, Lucie se justifiant devant Charles-Henri de ces trois jours d'absence : la succession précipitée de ses mensonges sur le balcon, pendant que résonnent sur le boulevard, au-dessous d'eux, les clameurs d'une manifestation, puis la réplique de chute avant la scène de lit (« *J'ai pris le pli* ») sont dans toutes les mémoires. Bon, dit Meyer, je crois que je vois. Vous n'auriez pas envie d'un verre ?

Ils s'étaient éloignés du bloc sanitaire par le chemin goudronné qui rejoignait silencieusement la route, sinuant sous le soleil entre les palmes. Meyer ne savait pas trop s'il devait prendre le bras de Lucie, prendre son épaule ou quelque chose. Soyez sans inquiétude, lui dit-il en tout cas, je ne serai pas indiscret. Au coin de la route une petite grue cendrée, posée dans un fossé, se renvola de mauvaise grâce à leur approche.

Au mess, un verre plus tard, ils se projetèrent la fin d'*Enfer ou ciel, qu'importe* : Lucie apprend la mort de Paul dans le tremblement de terre. Beaux plans, très expressifs, de douleur muette dans le métro aérien. Mais la vie continue, Lucie reprend ses travaux, rompt avec Charles-Henri, se prépare au vol orbital. Paul pleuré, bientôt oublié, Lucie se croit à l'abri de son passé jusqu'à ce qu'elle retombe sur Lou dans la deuxième scène d'ascenseur. Vous connaissez la suite. Vous ne m'en voulez pas trop ?

— Non, dit Meyer, j'ai pris le pli.

27

C'est reparti, semble-t-il. Au terme du compte à rebours, dès l'ordre d'ignition, la poudre des boosters s'embrase. Mais l'astronef ne part pas tout de suite. Un instant il reste immobile sur l'aire de lancement, paraît basculer sur sa base comme un arbre scié, mais se rétablissant à la verticale il se détache du sol, s'arrache à contrecœur, pas plus vite qu'une petite mobylette en montée. Nous nous élevons sous la poussée des propergols et les applaudissements des techniciens.

Un muscle mineur, dans la salle de contrôle, tremblote sous la joue de Blondel. Dakota pisse de joie sur les consoles derrière lesquelles vingt-cinq fuséologues tapent mollement dans leurs mains, claque sous-payée, lasse d'avoir vu cent fois le spectacle, même si dans le fracas de la mise à feu la terre tremble à nouveau sous leurs pieds. Dehors, frégates, ibis et colibris fuient les palmiers ployés par les gaz d'échappement, les rampants de la mangrove s'égaillent en ordre dispersé, chacun selon ses moyens de l'iguane au gavial, de l'aï à l'anaconda. Ce n'est certes pas le premier décollage depuis que cette faune s'est fixée près de l'astroport, sans doute même s'y est-elle habituée, ce n'est guère plus inquiétant que l'exercice des sirènes tous les jeudis midi, juste elle file comme on râle pour la forme après le voisin du dessus.

C'est reparti. C'est excitant, bien sûr, mais d'abord cela paraît un peu long, près de dix minutes broyé par la pression dans tout le tremblement, le grondement des tuyères et le son à fond dans les haut-parleurs, les ordres nasillés par la salle de contrôle sur un ton d'urgence qui vous rend nerveux, serré dans votre couchette sur mesures comme un couvert d'argent dans son étui. C'est long mais c'est bientôt fini. Voici que l'on vient enfin de s'injecter en orbite et le silence revient, la pression décroît puis elle s'évapore, nous parcourons enfin, musique des sphères, le vide cosmique interstellaire.

Meyer, sur sa couchette, défaisait les attaches de son casque avant de le retirer précautionneusement, extrayant sa tête en vérifiant qu'on respirait, comme convenu, bien. Alors qu'un instant, faux mouvement, il lâchait son casque, il étendit vivement la main pour le rattraper dans sa chute — mais non, l'objet flottait à la même place au milieu de l'air. Ça commence, fit-il à mi-voix. Pendant l'ascension, Bégonhès et moi n'avions pas cessé d'égrener des séries de chiffres et de lettres, à présent on soufflait un peu, on échangeait quelques phrases brèves. Nous y voilà, mon vieux, disait par exemple Bégonhès. Puis, se tournant vers les autres :

— Pas la peine de vous lever tout de suite, conseilla-t-il, vous avez deux bonnes heures avant les manipulations. Tâchez de vous habituer au milieu, d'abord, faites de petits mouvements sur place pour vous entraîner. Vous allez voir qu'en gravité réduite on se casse la gueule autant qu'ailleurs. Allons-y, DeMilo.

Non sans grâce et la tête la première, nous orientant par petites prises légères, nous nous propulsâmes horizontalement vers le pont de vol. Depuis le fond de l'habitacle, Meyer observait nos évolutions, repérait les emplacements des prises. Ç'avait l'air facile. Au-dessous de lui, Lucie débouclait une sangle dans un cliquetis plastique et Molino, sur le matelas du dessus, se tenait immobile et silencieux comme mort. Que faire en ce cas de sa dépouille, pensa distraitement Meyer en se dégrafant à son tour. Puis comme sans plus tarder il voulait s'extraire de sa couchette, aussitôt se vérifièrent les mises en garde de Bégonhès.

Procédant pourtant, lui sembla-t-il, comme il nous avait vu faire, bien qu'il crût reproduire les mouvements observés, tout de suite rien n'allait plus comme il fallait. Le fait est qu'on se casse aisément la figure dans ce milieu, c'est juste qu'on se la casse différemment. Prenant appui sur le montant de sa couchette, Meyer en sort trop vite sans prévoir de se retenir et heurte au passage la couchette supérieure — poussée perpendiculaire qui imprime à son corps, aussitôt, un mouvement rotatif. Il se met à tourner sur lui-même au milieu de l'habitacle sans plus rien contrôler, se cogne aux choses autour de lui, arrache des parois divers accessoires qui valsent en désordre, chaque mouvement pour les éviter complique la rotation de Meyer qui arrive, enfin, à saisir une poignée, qui s'y agrippe hors d'haleine ; ce milieu, non seulement on s'y casse la gueule mais on s'y essouffle très vite aussi.

Cramponné tête en bas, semble-t-il, son torse puis ses jambes flottant obliquement au-dessus de lui, Meyer qui réprime de petites nausées n'entend qu'au bout d'un moment Lucie rire doucement, sans doute en le regardant. Connerie de métier. Je me suis mal orienté. Il essaie de se tourner vers elle en se composant un vague sourire comique navré, mais depuis sa posture il ne distingue, à l'envers, que Molino, pas mort du tout.

S'étant prudemment rétabli, par très légères pressions contrôlées au gramme près, Meyer voulut ensuite progresser vers le pont supérieur. Mais toujours pas facile d'avancer la tête la première, dans cette pose de plongeur sous-marin, elle paraît naturelle mais ça ne vient pas comme ça. Plusieurs fois encore il broncha dans les ustensiles avant de franchir le passage pour nous retrouver. Face au pare-brise immense nous échangions des propos de sentinelles, devant nos consoles flanquées de caméras, dictaphones et bandes magnétiques fixés aux parois par des pinces, des bracelets de caoutchouc ; entre nos deux fauteuils, à portée de main, flottait une calculatrice. J'avais déjà coincé de mon côté, dans le cadre d'un vu-mètre, un petit hologramme de Jacqueline en bikini ; du bout d'une paille plantée dans un conteneur, je pompais un liquide à la fraise. Notre commandant de vol mâchait une gomme au citron vert.

Visant le fauteuil de Bégonhès, Meyer parvint sans trop de mal jusqu'au mien. Crispé au dossier du siège, les pieds calés dans les montants, par-dessus mon épaule il jeta un coup d'œil dans le pare-brise : du bleu, du blanc, indéfiniment.

Prenez-vous quelque chose à boire, Louis, dis-je en désignant mon conteneur à la fraise : au bout de ma paille venait de se former une sphère de liquide tremblotant, rose bonbon, format ping-pong et parcourue d'ondes minuscules. Comme j'avais à me pencher vers le viseur stellaire, la sphère eut un frisson puis se détacha de la paille, se scindant aussitôt en deux petits globes qui se mirent à dériver de biais dans la cabine, en direction de Meyer exorbité. Je les rattrapai de justesse et les gobai au vol du bout de mon chalumeau, l'un après l'autre. Alors, insista Bégonhès, qu'est-ce qui vous dit, Louis ? Eau minérale, soda, jus de fruit, café, lait vitaminé, tout ce que vous voudrez. Servez-vous.

Pas de refus, pensait Meyer en avisant le distributeur automatique à moins de trois mètres, mais pas sûr d'arriver jusque-là. Ça va, dit-il, pas tout de suite. Ses phalanges étaient blanches, il s'agrippait trop fort au dossier de mon fauteuil. Détendez-vous, lui conseillai-je, pas la peine de serrer comme ça. Je vais vous chercher quelque chose. Lait malté ?

— Mm, fit Meyer désappointé, il n'y a pas quelque chose d'un peu plus fortifiant ?

— Tout ce qui est alcool est rationné, prévint Bégonhès, désolé. C'est programmé comme ça. On n'aura qu'une ou deux occasions de boire un coup.

— Bon, dit Meyer. Dans ces conditions, lait malté.

Aussitôt je me déliai de mon fauteuil et m'envolai, j'aimais ça, vers le distributeur pendant que Bégonhès consultait une des check-lists. C'est ça, reprit-il, deux occasions : le relais télé sur Hawaï, après-demain, et puis l'anniversaire de Molino la veille du retour.

— Ah bon, s'intéressa Meyer. Ça va lui faire quel âge, à Molino?

— Cinquante-deux, je crois, cinquante-trois. C'est les comportementalistes qui ont préparé le gâteau.

Lâchant un instant le dossier du siège en soupirant, Meyer perdit à nouveau l'équilibre, poussé vers l'arrière par son propre soupir comme par un réacteur d'appoint, se retenant de justesse à un cale-pied. Je ne vais peut-être pas pouvoir m'y faire, estima-t-il après avoir juré entre ses dents.

— Bien sûr que si, dit Bégonhès, vous allez voir qu'en une heure c'est réglé, DeMilo va vous montrer. Sinon vous pouvez mettre ça, si vous voulez.

Un casque amortisseur était fixé au-dessous des caméras, léger couvre-chef pare-chocs fait de bourrelets de cuir croisés, comme en portaient au bon vieux temps les coureurs cyclistes et les épileptiques. Meyer essayait de s'en coiffer d'une main quand je revins du distributeur, rampant entre deux airs à trente centimètres du sol, sinuant entre les obstacles, j'adorais ça. Buvez, lui dis-je en lui tendant un petit parallélépipède en carton plastifié, ensuite je vous montrerai quelques exercices. Meyer défit la paille scotchée au flanc du conteneur et la planta dans la capsule d'aluminium. C'est bien du lait malté, reconnut-il.

C'est toujours aussi dégueulasse. Quoique le goût ne soit pas tout à fait le même que sur Terre, comme change la saveur des choses selon qu'on les absorbe en haute mer, en haute montagne ou dans le métro.

Les exercices qu'ensuite je lui proposai n'étaient pas trop compliqués. Une fois qu'il eut appris, d'abord, à faire la planche, je lui montrai comment se retourner sans appui, comment prendre un élan, comment prendre un tournant, comment viser. Comment saisir les choses et porter les objets, également accessibles et maniables puisque ici, dans l'espace, rien ne pèse plus rien : sans plus d'effort que si c'était une éponge, une carte postale, du bout du doigt l'on y soulève un bulldozer, quinze bombardiers, la gare de Lyon.

C'est vrai qu'on s'y faisait en peu de temps, qu'on mettait sans trop de mal au point de nouvelles stratégies d'évolution par traction, par rebond, qu'assez vite même il devenait plaisant de flotter. Meyer parvint en vingt minutes à s'orienter, à voler droit d'un point à l'autre du pont de vol, je lui fis faire un peu de simulation dans le fauteuil, Bégonhès l'envoya lui chercher un jus de mangue. Ça venait. Continuez tout seul, dis-je, et pour faire voir comme c'est facile j'effectuai un triple salto par-dessus mon siège avant de m'y rasseoir. Fin de l'entraînement. 11 h 33 GMT. Véhicule en orbite de transfert.

Check-list : orbite définitive rejointe dans un quart d'heure et neuf mille kilomètres ; début des manipulations dans quatre-vingts minutes. Qu'est-ce que je peux faire en attendant, demanda Meyer, qu'est-ce qu'on peut faire. Puis-je me rendre utile. Absolument à rien pour le moment, dit Bégonhès. On devrait voir la Terre par le hublot, derrière. Allez regarder. Habituez-vous.

28

Or c'est fou ce qu'on s'habitue vite, fou comme on veut tout de suite montrer ses progrès. D'un coup d'aile et dans ce but, Meyer avait regagné le pont intermédiaire où Lucie, restée sur sa couchette, classait des fiches de couleurs vives en suspension tout autour d'elle. Dos tourné sans un mot, d'une main se tenant à une barre et de l'autre à l'embouchure d'un sachet vomitoire, Molino regardait par la fenêtre. Par-dessus son épaule, Meyer aperçut la Terre à présent jaune et bleue, au tiers masquée par des spirales de nuages dilués, mollasses, traînées colloïdales au-dessus de l'hémisphère Sud. Je la vois, cria-t-il aux pilotes. Est-ce qu'on voit Pau ? répondit Bégonhès.

Considérée sous cet angle, l'Océan couvrant ses trois quarts, la planète avait l'air à l'abandon. La lumière diffractée par les poussières d'Afrique, en haut à gauche, rougissait le ciel au-dessus du continent. Meyer identifia Madagascar au beau milieu du disque : on devait se trouver à pic de Tananarive. Vous savez qu'il vaut mieux ne pas trop regarder dans le hublot, dit-il doucement, ça n'est pas bon. Ah non, dit Molino, pourquoi ? Les radiations, dit Meyer, les particules piégées. Ça fout le cancer. Des histoires, dit le civil.

Ils admiraient toujours leur lieu de naissance quand Bégonhès, paraissant sur l'écran du circuit intérieur, fit savoir qu'il était temps de passer aux manipulations. Interfaces et cristaux pour Meyer, cinétose et ménagerie pour Lucie. Meyer se retourna vers elle : les fiches multicolores aux environs de la jeune femme, comme des oiseaux-mouches en vol stationnaire, dérivaient lentement sous ses yeux.

Rencognées dans leurs compartiments, les autres bêtes supportaient le voyage tant bien que mal. Les pintades japonaises se tenaient coites dans un coin, serrées tête sous l'aile et les rats, cataleptiques, œil écarlate et poils immaculés, queue bien dans l'axe comme une épingle, avaient l'air de bijoux sous hypnose, broches d'hermine piquées de petits rubis. Lucie leur prescrivit vingt-cinq graines de sésame chacun, avec trois lombrics par pintade. L'araignée surtout n'était pas à l'aise, tissant une toile incohérente sans plus aucun souci de symétrie — mais tout aussi désorientée qu'elle, multipliant les erreurs de vol, les moucherons lâchés par Lucie vinrent presque aussitôt s'y prendre. Je peux m'occuper des vers pour les pintades, proposa Meyer, si ça vous dégoûte un peu. J'en ai vu d'autres, sourit-elle avant d'aller s'occuper de Molino. Il la suivit du regard puis se ressaisit — bien, qu'est-ce que je fais, maintenant, moi. Oui. Les cristaux.

Une fois le civil farci d'électrodes et de palpeurs, ficelé sur un support spécial avec un peu de lecture, on était tranquilles pour une heure. Les cheveux de Lucie flottaient autour de son visage en brushing impeccable, perpétuelle permanente. Meyer parlait de choses et d'autres en la regardant, pensant qu'un soutien-gorge perd toute sa raison d'être en gravité zéro. Tiens, dit Lucie, vous avez vu ? Provenant du pont supérieur, une petite boule marron foncé roulait au milieu de l'air vers eux. Oui, soupira Meyer. C'est alors que je surgis en torpille, fonçant après mon café que j'aspirai d'un coup de paille en rase-mottes, avant de regagner mon poste en sifflant *Truth is marching in*.

Mais, quoique donnant parfaitement le change, sifflant cet air sans conviction. Je sentais bien — je connais Lucie — qu'entre elle et Meyer quelque chose risquait de se passer, je l'avais compris dès la fin du séjour à Kourou. Je ne dis pas que cela me laissait indifférent, que je n'éprouvai nulle jalousie, bien sûr

196

que non mais je n'en laissai rien voir : gardant le
sourire tout en sifflant, ce qui déjà n'est pas commode, je m'éloignai comme si de rien n'était. Montrer de l'humeur n'eût abouti qu'à me desservir.
Laissons faire, nous verrons. Je sais attendre. Je suis
patient.

Nous venions d'atteindre notre altitude et notre
vitesse de croisière, à trois cents kilomètres du sol et
trente mille kilomètres à l'heure, circuit classique des
vols habités, autoroute orbitale où bientôt nous
croisâmes et dépassâmes quelques satellites. Toute
sorte de satellites en forme de tam-tam, d'oursin, de
lustre 1950 ou de virus, et tournant sur eux-mêmes
indéfiniment. Les flambant neufs luisaient de tout
leur cuivre mais d'autres sentaient la fin de carrière,
certains hors d'état, électroniquement morts, d'au-
cuns totalement disloqués. Puis d'habituels débris
traînaient hors circuit, sur les bas-côtés, pièces détachées de générateur solaire, fragments de volets
thermiques, tronçons d'antennes, une fois même un
gros gant.

Quand Bégonhès murmura sur l'écran que le
moment était venu de larguer le premier de nos
engins, j'enfilai mon scaphandre et me dirigeai vers
la poupe du vaisseau. La porte du sas ouverte
comme un diaphragme iris, je m'engouffrai dans ce
boyau cylindrique, antichambre entre la zone habi-

197

tée de l'orbiteur et le petit local accédant aux sou-
tes. Une fois déverrouillée l'écoutille externe, je
m'installai aux commandes du bras télémanipulateur. Bégonhès, posté sur le pont arrière, surpervise-
rait la tâche en double commande. Le satellite-
espion se trouvait là, nom de code Royco, gros
comme une petite Austin, monté sur un lanceur à
deux étages et soudures apparentes. Je mis en route
les caméras fixées au coude et au poignet du télémanipulateur, puis déclenchai l'ouverture des sou-
tes. Leurs portes coulissèrent en silence, dévoilant le
cosmos au-dessus de moi, le vide où le son n'existe
pas. Délicatement, je fis pivoter l'espion sur lui-
même à l'aide du système de main à trois pinces en
bout de bras, pour l'installer en position de déploiement. M'assurant ensuite aux prises ménagées
dans la soute, je m'approchai du satellite, vérifiai sa
visée, corrigeai l'angle d'un ou deux degrés puis
l'expulsai d'une légère poussée.

Derrière les hublots du pont intermédiaire, Meyer
et Lucie regardaient Royco tirer dans l'éther un lent
trait, s'éloigner de l'orbiteur vers son point de mise
à feu d'où il accéderait à des cieux plus élevés. Sans
prévenir, Molino s'était assoupi dans le fond de
l'habitacle, à mi-hauteur des *Get Away Special*, flottant de biais la bouche entrouverte et les yeux
fermés, les bras légèrement fléchis devant lui. Meyer

toucha du bout des doigts l'épaule de Lucie : il s'est endormi, dit-il à voix basse, qu'est-ce qu'on fait ? On le met sur sa couchette ? Comme elle chuchotait de laisser faire, qu'il était bien comme ça, Meyer laissa ses doigts sur son épaule, y posant le reste de sa main — sa paume, son pouce — non moins délicatement qu'une pince de télémanipulateur. Elle laissait faire. Le civil endormi, Bégonhès occupé sur le pont arrière, moi-même en sortie extravéhiculaire, ils étaient seuls dans le vaisseau, tranquilles pour un moment. Je me doutais plus que jamais de ce qui allait se passer. Chassant cette idée, je me concentrai sur ma tâche du mieux que je pus.

Potage Soubise en tube au dîner, viande préparée façon sanglier, légumes réhydratés, eau plate. Toujours critique à l'endroit de l'eau potable, Lucie reprocherait à celle-ci son petit arrière-goût de permanganate. Après la barquette de pudding, au café l'on se détendit un peu. Bégonhès raconta deux histoires drôles pour cosmonautes qu'on ne peut pas rapporter, qu'on ne peut pas comprendre à moins d'exercer ce métier. Ça va, Molino ? fit-il, vous tenez le coup ? Ça va comme ça, fit le civil sceptique, balançant sa main en pronation, puis décrivant une léthargie d'allure grippale, avec obstruction des sinus et nausées. Lucie prit quelques notes.

— Tableau classique de cinétose, diagnostiqua

Bégonhès, c'est le syndrome habituel. C'est l'absence d'horizon qui veut ça.

Tout dort ensuite dans l'astronef mais tout dort mal, et pas plus de trois ou quatre heures à peine. Dès que l'on ferme un œil on croit qu'on va tomber, de très violents petits rêves vous traversent en éclair, au-dessus de vous le civil n'arrête pas de gigoter sur sa couchette. Quelque chose qui ne va pas, Molino? demande Meyer. Je n'arrive pas à m'endormir, dit le civil d'une voix sourde. Ça doit être cette petite sieste que j'ai faite. Je n'aurais pas dû.

Il avait fini par se rassoupir mais au réveil il présenta des troubles accrus, régurgitant son petit déjeuner comme je l'avais redouté. J'aidai Meyer à tout nettoyer, chasser les petites boules grisâtres en suspension dans l'habitacle, éponger les cloisons constellées d'hémisphères de café au lait. Votez Molino. Lui, Lucie l'avait installé bien au calme, à côté d'un hublot. Débarbouillé, le front couvert d'un gant humide, l'élu voyait un gigantesque orage au-dessus de l'Amérique centrale, compacité de nimbus illuminée d'éclairs par en dessous. Puis l'Atlantique tournait une page et parut l'Occident, le proche et puis l'extrême Orient, feux de forêts et moussons, çà et là giclaient des éclaboussures jaunes et rouges de conflits armés. D'un champ de pétrole en feu puis d'un volcan nerveux s'élevaient deux fils de fumée, deux longues tiges balancées jusqu'à la stratosphère où deux fleurs noires s'épanouissaient. L'œil sans fard d'un cyclone, enfin, démolissant les Philippines.

29

Les deux jours qui suivirent, très vite c'était un peu toujours pareil. Les animaux s'étaient calmés. Les rats et les pintades se resocialisaient, même les méduses avaient l'air plus détendues. L'araignée, recouvrant ses esprits, s'était remise à produire de la géométrie. Encore plus facilement que l'espion Royco, nous déployâmes le satellite Agro. Financé par une association d'éleveurs, Agro permettrait le repérage au sol de n'importe quel bovin européen — des colliers émetteurs diffusant le nom de la vache, sa température et son état d'esprit. Gentil petit engin monobloc, pas plus gros qu'un ballon de basket et bardé de réflecteurs, d'un lob assez ajusté je le propulsai, tir au but, dans la matière interstellaire.

Les distractions n'abondaient pas. On jetait un œil par le hublot quand on passait, quinze fois par jour, au-dessus de chez soi. Le deuxième jour de vol une des pintades pondit un œuf sphérique, qu'on admira puis déposa dans l'incubateur. Le troisième jour, pour s'occuper, je proposai d'organiser un petit volley-ball avec la tête fantôme : aucun succès. Puis à part courir sur le tapis roulant, pédaler sur le vélocimètre ou se passer une vidéo, pas grand-chose à faire dans les moments de battement. C'est calme, c'est très calme, ce n'est guère plus compliqué ni risqué qu'un voyage à, mettons, Thonon. Aucune vibration, pas un bruit. Nulle turbulence dans l'espace, nulle tempête ni coup de chien, jamais un trou d'air ; cela peut énerver certaines complexions.

Molino par exemple qui, déjà, n'avait pas renoncé à vomir sans prévenir de temps en temps, se mit à nous faire en plus de sérieuses crises claustrophobiques : stridents accès d'un élu convulsé, sur le point d'étouffer, prêt à tout pour une porte ouverte, mon âme contre un appel d'air, par pitié baissez par pitié cette vitre. Lorsqu'il devenait intenable, Lucie lui injectait un petit sédatif. Deux heures par jour, quand même, on avait un peu de paix quand Molino, ligoté sur son socle expérimental, respirait des sacs de gaz prémélangés. On faisait un peu de ménage entre deux expériences, Meyer serrait de près la jeune femme quand j'étais occupé ailleurs.

Quatrième jour de vol, relais sur Hawaï. Blondel

ayant négocié le direct avec quelques télévisions, il convenait de s'organiser un peu. L'émission qui allait débuter au-dessus de la Polynésie se prolongerait jusqu'à la verticale de Moscou — ce qui nous ferait, somme toute, assez peu de temps. Une heure avant nous absorbâmes des gels euphorisants, double ration pour le civil. Qu'est-ce qu'on va faire au juste, s'inquiéta Bégonhès, jamais très à l'aise devant les caméras. Est-ce qu'il faut préparer quelque chose ? Rien du tout, le rassurai-je, vous faites comme je vous ai dit. Vous restez naturels, je m'occupe de tout. Molino, vous tâchez de sourire un petit peu mieux que ça. L'antenne dans six minutes. Je sens que je vais être mauvais, dit Bégonhès.

Peu avant que nous en vînmes à survoler Honolulu, je réglai la caméra. Les autres se disposèrent au fond du pont intermédiaire. Je passai une de mes chemises à palmiers imprimés, chaussai des lunettes noires et vins flotter au premier plan, plaquant trois accords mineurs sur un ukulele fourni par les comportementalistes. Les autres souriaient derrière en saluant les sublunaires, pompant de petites doses de rhum planteur par les tuyaux appropriés. Comme vous voyez, dis-je au monde, tout va bien. Puis sans lâcher l'ukulele, j'effectuai mon triple salto. Bégonhès et Meyer applaudirent, j'entendais sourire Lucie derrière moi. Ces petits numéros plaisent toujours aux filles, espérais-je. Quoiqu'ils risquent aussi de les agacer. Souhaitons qu'ils ne jouent pas trop en ma défaveur.

Et maintenant, annonçai-je, notre commandant de bord va s'adresser à vous. Comme vous voyez tout va très bien, improvisa Bégonhès en rougissant. Pas de problème, développa-t-il, rien à dire. Ça gaze. Très vite ensuite nous approchions de la Russie, mère officielle de l'aventure spatiale : me coiffant d'une chapka, je troquai l'ukulele contre une balalaïka, pendant que les autres jetaient de petits verres à vodka par-dessus leur épaule. Au lieu d'aller se briser comme c'est l'usage, les petits verres poursuivaient une lente trajectoire horizontale avant de rebondir mollement contre une paroi. C'est bon, dit une voix off, terminé. Générique. Musique des sphères. Quoi, déjà ? fit Bégonhès, pourquoi ? Ça me plaisait bien. C'était bien, finalement. Blondel parut sur un écran.

— Très bien, confirma-t-il. Parfait. DeMilo, je vous dis merci. Vous étiez bon, Bégonhès, non mais vous savez que vous étiez très très bon. Vous savez que vous êtes vraiment bon.

— J'ai trouvé ça court, dit Bégonhès, ça m'a paru court. Des nouvelles de Cosmo ?

— Vous ne devriez plus être loin.

La nuit même en effet, après une course poursuite de trois millions de kilomètres en soixante-six révolutions, nous l'aperçûmes enfin qui tournait sur lui-même dans le noir.

Une fois l'engin repéré, Bégonhès avait commandé l'ouverture de la soute et coupé le pilotage automatique. Pendant que je renfilais mon scaphandre, il dirigea manuellement l'approche finale, positionnant notre orbiteur de sorte que la soute se trouvât exactement en face de Cosmo, que nous observâmes. Le satellite avait la forme ainsi que la taille d'un autobus, pesait douze tonnes et convoyait cent cinquante expériences autonomes. Il paraissait avoir pas mal souffert du séjour prolongé en orbite : quelques pièces détachées flottaient éparses autour de lui, le spectromètre était dans un état terrible et les panneaux d'aluminium protégeant certaines cases d'expériences avaient explosé, roulés sur eux-mêmes comme des couvercles de conserves.

A cet instant nous étions juste au-dessus de Paris, Cosmo et nous-mêmes foncions côte à côte à quelque huit kilomètres par seconde. Un quart d'heure plus tard, alors que nous survolions l'Himalaya, je franchis le sas et me propulsai à ciel ouvert jusqu'au scooter spatial garé au fond de la soute. Je défis l'antivol avant de l'enfourcher, pleins gaz vers le satellite, mes gants tournaient avec douceur sur les poignées. Le ciel noir était plein d'étoiles bleues, la Terre au-dessous de moi tournait tranquillement. Seul, traversant la nuit sidérale, retenu par un fil à l'astronef, par ce fil j'entendais Bégonhès qui discutait avec la base, commentait notre action. Cette seule fois j'eusse aimé couper le son un instant, mais enfin j'abordai Cosmo.

Saisissant le satellite par une pièce d'amarrage, j'interrompis sa rotation avant de le remorquer à portée du bras télémanipulateur. Puis le scooter, virant en épingle, me ramena vers les commandes du bras. M'étant emparé de Cosmo, je le fis lentement pivoter tout en laissant d'abord, par précaution, en cas d'échec de cette opération, les caméras le filmer sous toutes ses coutures. Ensuite j'arrimai l'engin dans la soute et puis j'allai me coucher.

Le lendemain matin, Meyer me rejoignait auprès de Cosmo avec un spectromètre neuf et des outils ; un fort cahier broché d'instructions et de plans flottait après lui, relié par un élastique à son scaphandre. Pendant qu'il procédait à l'échange standard, je vérifiai l'angle du télescope et remis en place les protections de caissons. Cela nous prit la journée pour remettre en état, puis sur son orbite, un Cosmo refait à neuf ; le soir, au dîner, Meyer était affamé.

Nous dînâmes puis souhaitâmes son anniversaire à Molino. Gâteau, petits cadeaux, chalumeau de Veuve Clicquot. Sur le gâteau, les flammes des bougies semblaient plus solides et plus rondes que sur Terre, moins faciles à souffler. Content qu'on le fête, content qu'on rentre demain, le civil s'était détendu, tous les médicaments surtout l'avaient bien détendu. Plus souvent qu'à son tour il reprit du gâteau, tira de même sur la paille à champagne et se mit à rire d'un rien, puis de rien du tout, continuant de rire tout seul en regardant ses genoux jusqu'à ce que Bégonhès, sourcils froncés, lui enjoignît de se mettre au lit.

Tout le monde couché, silence dans le vaisseau. Mais sans doute excité par son travail de la journée, c'est Meyer à présent qui ne trouvait pas le sommeil. Jetait un regard au-dessous de lui dans l'ombre : Lucie ne semblait pas dormir non plus, Meyer ne voyait pas sur quoi ses yeux se posaient. Sans bruit, mesurant le moindre geste, il se laissa glisser de son support et s'approcha de la jeune femme : l'orbiteur survolait Venise à la première étreinte, magnitude 9 sur l'échelle des baisers.

Puis ils avaient tourné l'un contre l'autre en suspension, longuement, flottant légèrement au-dessus de la couchette. Bien que Molino dormît à poings fermés, saoul de champagne et d'anxiolytiques, ils avaient quand même préféré s'éloigner. Abandonnant leurs lits superposés, ils voltigèrent sans bruit vers le pont de vol inoccupé à cette heure-ci. Une fois le passage franchi, leurs élans les amenèrent au centre

208

géométrique de la cabine de pilotage. Sous eux les consoles dialoguaient par bips étouffés, déclics discrets du pilotage automatique, Meyer serrait fort Lucie contre lui, promenait ses doigts rapides sur les agrafes de sa combinaison.

On le sait, rien ne ressemble autant à l'espace que l'eau. L'effet d'apesanteur y est à peu près semblable. Or l'on s'imagine, très communément, qu'il ne serait pas mal de s'accoupler dans l'eau. C'est une rêverie largement répandue. Toute l'année, pendant qu'on travaille dur, on se plaît à penser que ce serait vraiment bien. Puis dès qu'arrivent les vacances, la saison des bains de mer et des amours, on essaie : on s'aperçoit vite que, même quand on a pied, ce n'est pas si commode. Or il en va de même en gravité zéro. On y manque de prises, d'appuis, de résistances, mais quand même on y arrive en se concentrant bien. Les agrafes stratégiques majeures, tout de suite Meyer les avait repérées. L'une après l'autre il entreprit de les défaire, juste sous l'objectif d'une des petites caméras de bord que j'avais laissée, par inadvertance, branchée.

Le civil, le lendemain, ne semblait plus s'intéresser à rien. Ça ne va pas, Molino ? fit Bégonhès. Peut-être le champagne d'hier soir, supposa l'élu. Est-ce que j'ai beaucoup bu ? Quand est-ce qu'on rentre ? Bégonhès consulta sa montre. Neuf heures, dit-il, on ne va plus tarder. On largue le dernier satellite et c'est bon.

A 10 h pile nous déployons Sismo. A 10 h 08 j'actionne les propulseurs de freinage, nous ralentissons aussitôt ; décrochant de notre orbite, nous commençons de descendre. Le module de servitude contenant les propulseurs s'étant détaché de l'astronef à 10 h 33, c'est en planant qu'à 10 h 36 nous réintégrons l'atmosphère. S'ensuivent cinq minutes de bruit et de fureur, de pression plus violente encore qu'au décollage, contact radio coupé, black-out complet. Traversant une couche de plasma, la carlingue de l'orbiteur chauffe au rouge puis au jaune-orangé. 10 h 41 : le sol est à quarante kilomètres. 10 h 42 : à trente kilomètres. 10 h 44 : à dix kilomètres.

30

Meyer sortit de l'hôpital militaire et s'engagea sur le passage clouté. Dans le rétroviseur d'une vieille Fiat, une jeune femme se faisait un raccord de rouge en attendant que le feu passe au vert. A part ça, tout le monde avait l'air normal. Les gens sur le trottoir d'en face allaient et venaient avec leurs idées, leur petit sac gélatineux de pensées frémissant comme une fleur translucide au-dessus de leur tête, ballottant au rythme de leurs pas.

Retour de Guyane après quelques journées de repos, toute sorte d'examens médicaux, Meyer avait atterri le matin même à Villacoublay. Cet après-midi dernier bilan, dernière prise de sang, puis on l'avait renvoyé dans ses foyers. Sous l'abribus, en attendant le 91 il remonta sa manche pour arracher le petit pansement de la prise de sang. Retour à la gravitation universelle : chiffonnant le confetti de gaze et de sparadrap, le roulant en boulette, du bout du pouce

Meyer l'envoya rejoindre au pied du feu rouge, dans le caniveau, des emballages d'antitussifs et d'anorexigènes, de barres chocolatées, des titres de transport compostés.

Un autobus 91 le transportait ensuite jusqu'à la gare de Lyon, puis un 65 jusqu'à la gare de l'Est d'où il rentra chez lui à pied, par les rues d'Alsace et de l'Aqueduc. Comme il abordait les confins du secteur Maroc, il entra se procurer un pack de bière dans une superette vide où s'entretenaient deux vendeuses (Ça va, Véro ? — Oui. — Tu as passé un bon petit week-end sympa ? — Oui.) Il remontait ensuite la rue de Tanger, l'impasse du Maroc puis son escalier. Tournait la clef dans sa serrure, accueilli par un bruit d'aspirateur provenant de la salle de bains. Ses bières sous le bras, sans ôter son imperméable, il traversa l'appartement dans la direction de ce bruit. Alors, fit-il, comment ça va ? Je suis bien fatiguée, répondit madame Alazar. Ne vous épuisez pas en vain, dit Meyer, faites juste la chambre et passez un petit coup dans le séjour, vu que j'attends quelqu'un. Juste un petit coup. Une femme, se représente madame Alazar. Oui, pense Meyer, mais j'ai un peu le trac. Sonnerie du téléphone.

— Oui, dit Meyer, maman, très bien. Ça s'est passé tout à fait bien. Je te raconterai.

— Tu n'as pas l'air tranquille, fait observer Maguy

Meyer, tu parles comme quelqu'un dans un courant d'air.

— C'est-à-dire que j'ai un peu le trac, reconnaît Meyer.

Pendant que madame Alazar s'occupe de la chambre, il traîne dans les autres pièces en préparant le terrain, ce qui ne revient, tout compte fait, qu'à ranger dans un livre la photo de Victoria posée sur le cache-radiateur. Par contre il ne dépunaise pas, dans la cuisine, la photo de Cindy Sherman intitulée *Untitled film still # 7*.

Lucie est arrivée trop tard pour le thé, un peu tôt pour le Campari, tout de suite elle s'est installée dans son lit puis chez lui. Cela dure quelques jours, puis elle apporte quelques affaires. Cela dure quelques semaines, Lucie prétexte l'exiguïté de la penderie, impasse du Maroc, pour y différer le transfert de toute sa garde-robe. Meyer parle de faire quelques travaux d'aménagement. Peut-être cela dure-t-il un mois. J'attends. Tous les matins, Meyer repart à son travail aux Mureaux. Avant de s'acheter une autre voiture avec l'argent de l'assurance, il conduit volontiers le petit coupé jaune marseillais que Lucie a gardé; l'autoradio n'a pas bougé de son logement. Les soirs, quand il rentre, on boit un verre, Meyer parle de son travail, Lucie moins souvent du sien.

Lucie lui conseillerait plutôt de se défaire, par exemple, du canapé à gros damier. Ils dînent dans la cuisine et tous les jours il peut se produire qu'ils aillent au cinéma, les fins de semaine ils font des tours en grande banlieue.

Pas toutes les fins de semaine : par exemple aujourd'hui samedi, après un appel de Vuarcheix, Meyer doit s'en aller juste après le déjeuner. L'affaire a l'air chaude et Meyer craint de ne pas pouvoir être là pour dîner : mieux vaut que Lucie ne l'attende pas ce soir, sans doute rentrera-t-il tard. Il se penche vers elle qui lit un magazine dans le séjour, au fond du canapé. Il l'embrasse, elle ne se lève pas. Ils échangent des regards convalescents, sourires voilés, temps chaud mais légèrement couvert, puis il sort. Il a refermé la porte et Lucie ne lit plus le magazine. Elle fixe un point dans l'air puis se lève brusquement, traverse le séjour vers son sac à main, cherche un carnet dans le sac puis un numéro dans ce carnet. Elle revient s'asseoir sur le canapé, pose le téléphone sur une case du damier, tout près d'elle, avant de composer ce numéro. Je décroche aussitôt.

214

31

Je décroche même un peu vivement. Ce n'est pas dans mes habitudes. Peu de mots suffisent pour prendre rendez-vous, en fin d'après-midi, dans une brasserie vers l'Alma. Je raccroche encore assez brusquement, j'ai tort de m'énerver mais, très vite, comment s'habiller ? Consulté, le miroir suggère de garder ce veston rouge foncé correct — par contre une autre chemise, peut-être, serait mieux indiquée. Mais, trop nerveux pour me changer tout de suite, je ronge la moitié d'un de mes ongles avant d'adresser un coup d'œil à Titov, rencogné dans le fond de son compartiment.

Je le croyais endormi comme à l'accoutumée, il n'en est rien : dressé contre le mur, raide sur ses postérieurs, son corps est agité de frémissements irréguliers. Je n'avais jamais vu Titov trembler, je n'imaginais pas qu'il en fût capable, or m'approchant je l'entends claquer des dents. Titov, Titov, lui dis-je doucement. Se retournant à moitié, il me jette un rapide regard, j'aperçois ses pupilles dilatées au fond de ses yeux exorbités. Son corps est brutalement secoué, de haut en bas, par une onde propagée comme un linge qu'on agite, puis il se retourne vers le mur. Titov, j'insiste, alors qu'est-ce qui ne va pas ? Il ne me répond pas. Lui d'ordinaire si calme, voire indolent, je ne l'ai jamais vu dans cet état. Sauf peut-être une seule fois, quand Blondel m'avait rendu visite accompagné par Dakota ; Titov n'avait pas supporté le rat.

Posant ma paume sur ce qui lui sert de front, je m'assure de sa température. Normale. Puis, un œil sur ma montre, saisissant l'un de ses antérieurs dont les ongles griffent le mur, je prends le pouls de la créature, 95, un peu rapide mais pas de quoi s'alarmer. Trois heures moins le quart, vient de m'indiquer la Rolex au passage, cinq heures à tuer avant l'Alma. Je tourne en rond, j'aimerais bien parler à quelqu'un. Eh bien va faire un tour, va voir quelqu'un. Va voir Max, par exemple, ça te changera les idées. Bon, d'accord. Avant de sortir, par précaution, je ferme quand même à clef la porte du réduit, ce que je n'avais jamais fait depuis que Titov vit ici.

Dans la rue, comme toujours, au-dessus des crânes piétons, ballottent les bulles de leurs pensées. Mais

216

au lieu de balancer tranquillement, suivant la démarche, ces petits sacs translucides s'agitent davantage qu'il n'est courant, comme battus par une brise. Pas moyen de trouver un taxi. J'irai chez Max à pied.

Lui non plus n'a pas l'air très en forme. De ce que sa barbe ait un peu repoussé depuis la dernière fois, je pourrais déduire que ses affaires déclinent. Or je sais bien qu'il n'en est rien, que son carnet de commandes est plein jusqu'au siècle prochain. Juste il paraît préoccupé, distrait, distant, ce qui ne lui arrive pas souvent. D'ailleurs, contre ses habitudes, Max ne me laisse pas visiter l'atelier. Laisse, me dit-il, pas le moment. N'entre pas, ce n'est pas très bon. Café ? Je veux bien. Nous restons dans l'entrée, devant la machine à café. Silence. Max ouvre (*Truth is marching in*) puis ferme un lecteur de cassettes posé sur le percolateur.

Par la porte entrouverte de l'atelier j'aperçois quand même une partie de l'œuvre en cours, un grand portrait en pied de Kim Jong-il qui ne s'inscrit pas tellement non plus, me semble-t-il, dans le style de Max. Beaucoup d'hésitations superposées, quelques giclées mal contrôlées, nombre de zébrures et de hachures, des flous. Rien qui rappelle cette manière précise, clinique, frontale que Max déploie lorsqu'il honore des commandes de portraits officiels. Je ne devrais pas boire tant de café en ce moment, dit-il, tu as vu comme je tremble ? Silence. Tu en veux un autre ? Merci, dis-je, non.

La lumière change quand je quitte l'atelier, je pense une seconde à Meyer. Au-dessus des têtes des gens, les bulles d'idées s'agitent de plus en plus, menacent d'abandonner les occiputs. Puis comme le vent s'est vraiment levé certaines s'agitent plus fort et se détachent, finissent par s'envoler comme des ballons d'enfants, planent puis s'élèvent mollement pour disparaître au-delà des toits. Le temps a viré. Je tente, en chemin, de mettre au point une stratégie pour le dîner, je n'y arrive pas. Je décide qu'on verra. Les stratégies ne payent pas, mieux vaut toujours improviser.

J'arrive à la maison, cinq heures moins le quart, trois heures à tirer. Dehors, à peine rentré, voici qu'il se met à pleuvoir. J'envisage de me changer, mais d'abord je ferme la porte-fenêtre. Puis je passe dans la chambre et je marche vers les chemises. J'en fais rapidement le tour, j'en retiens quelques-unes. Quatre, cinq. D'ordinaire alors je vais vite, mon choix se fait aussitôt. Là, non. Des quatre ou cinq, bientôt neuf ou dix, puis quarante chemises entre lesquelles j'hésite, impossible de trancher. Bien. Je prends chacune d'elles en particulier, je revois ses qualités, les défauts de ses qualités, les qualités de ses défauts. Difficile, déjà, d'opter pour le classique ou pour le fantaisie. Ça non plus n'est pas ordinaire. Le classique ou le fantaisie. La Brooks Brothers de base ou la multicolore à batraciens. Moi qui n'hésite jamais, je tente éperdument de choisir. J'essaie, j'ai su, je ne sais plus. Cinq heures et demie. Titov hurle à la mort. Je repasse dans le living, l'eau ruisselle sur les vitres de la porte-fenêtre. Tout à l'heure c'était une eau claire, une pluie classique plutôt rafraîchissante et maintenant elle paraît se troubler, se précipiter dans l'opaque. D'abord légèrement ocre, elle fonce de plus en plus et vire bientôt, je n'ai jamais vu ça, au rose foncé puis au brun rougeâtre. Au bout d'un moment, vous diriez du sang.

CET OUVRAGE A ÉTÉ ACHEVÉ D'IMPRIMER
LE QUATRE JUILLET MIL NEUF CENT
QUATRE-VINGT-DOUZE DANS LES ATELIERS DE
NORMANDIE ROTO S.A. À LONRAI (61250)
N° D'ÉDITEUR : 2743
N° D'IMPRIMEUR : I2-1180

Dépôt légal : juillet 1992